La Dernière
Leçon
Noëlle Châtelet

最期の教え

92歳のパリジェンヌ

ノエル・シャトレ

相田淑子・陣野俊史✣訳

traduit par
Yoshiko Aida, Toshifumi Jinno

青土社

最期の教え　92歳のパリジェンヌ

目次

最期の教え

姉、アニェスへ

「それでは、十月十七日にしましょう。」

わたしたちにそれを伝えてくれたのが、この文章である。こんな具合にあっさりと、たった数語だけで、あまりにもあっさりし過ぎている。あなたの死ぬ日付だというのに。こんな他愛のない言葉が死刑執行の文章。ギロチンの刃だ。数年前から、良く研がれた切れるナイフのように絶え間なく光っている、鋼鉄でできた一つひとつの言葉。

静かに、穏やかな調子で、あなたはそれを発音した。旅行の日付を伝えるかのように。これ以上ないくらい自然な調子で。数年前からそれを聞く用意のあったはずのあなたの子どもの耳には、ごく自然に届くものだといわんばかりに。

だが、用意はできていなかった。実際、全然できていなかったのだ。それなのにわたしにはその意味がすぐにわかってしまった。

たった数語のナイフの冷たさを、わたしは感じ取った。冷たさ以外の何ものでもない。苦しみではない。冷たさだ。血も涙もない。わたしの身体から血がいっぺんに抜かれていないなら、最後の一滴まで血は凍ってしまっていた。

思うに、その冷たさは死の冷たさに違いない。わたしは戻れないのだろう。

こんな寒さの横で、暖が取れるのか？　死の冷たさ、死者たちだけがその冷たさを生み出しているなんて、生きてもいないのに。違うかしら？

違う、わたしが間違っていた。今、わたしは熱い。熱くなって、生きている。温まった。予告された死、鋼鉄のような数語の言葉の冷たさから、またわたしは戻ってきた。

それゆえ、わたしは学校に戻らなければならない。だけどどんな学校だっていいというわけではない。

十月十七日という日付が、あなたの死についての学校へ、わたしを無理やり登録させるのだ。

わたしが座るべきイスを、いつも静かに、執拗に指定するのはあなた。

自分からは、そんな学校に決して行かなかった。そんな学校に入りたくはなかった。学びたくも、知りたくもなかったのだ。

まずは、反抗した。抗議した。あなたの執拗さと静けさを、蹴り飛ばし、殴り返した。

何度も。あれこれ試みた末に、あなたが指定したイスにわたしは座ることになった。

打ち負かされてノートを開いた。黒い文字でくっきり書かれたあなたの名が表題にあるノートだ。どの子どもに対しても、学校とこんな出会いをするように仕向けたことはなかったと思う……。

それでも死の期日については、あなたが妥協した。

こうした振る舞いは、まさに暴力。でも日付をはっきりさせることはやめた。あなたは譲歩してくれたのだ。

期日は明示されなくなった。

もう十月十七日が期限ではない。いや、もっと早く。いますぐにでもと、なるかもしれない。わたしの内に、愚かしい希望が起こり、現実離れする。希望というのは頻繁に現実離れするもの。もっと早く、すぐにでもとなったら、それこそギロチンの日付になるだろう。一瞬だけ、あなたの死は他のどんな死にも似ているように思えた。それが間近であることを知っている高齢の女性には、ごく普通の脅威である。もはや日付もなく、死もない？　つまり、死というものは、ほとんど普通のこと、ちょっと抽象的で、宙づり状態なのだ。処刑場の廊下は、十月十七日まで続く……。

十月十七日……十七日か十六日で迷っていたとあなたは語った。十月十六日は、わたしの誕生日、わたしが生を受けた最初の日。「あなたのために、その日付をはずしたのよ」。

ママ、ありがとう。わざわざ、ありがとう。それでその次の日にしたのね。わたしの最初の日が、あなたの生きている日の最期にならないようにと。誕生日おめでとう、可愛い娘、明日、わたしは死ぬでしょう。明日、わたしは自殺する。祝日とキャンドルをわたしはこの世から眺めるわ。

ママ、本当にありがとう。バースデー・ケーキを殴って、蹴とばすことにするわ。

十月十七日はなくなった。わたしは上手く切り抜けた。

怒りで真っ赤になったけれど、少し恥ずかしかったの。あんなに腹を立てたことを後悔した。わたしたちがあなたを運び込んだ寝室で、一瞬、わたしと二人だけになったあのときのことよ。ママ、思い出してよ。わたしたちがあんなに反対したから、あなたは興奮しすぎたのね。決められた日付の死など、わたしたちは望んでいなかった。無論、十月十七日も望んでいなかった。

わたしはあなたの額を、あなたの白い髪を、疲労と失望の色の滲んだ顔を撫でた。

あなたが望んでいたようには、物事は運びませんでした、と。

あなたは眼を閉じていた。顔色があまりに青かったから、突然、墓石に横臥しているようにわたしには見えた。死んでいるあなたを想像できた。家族でないならこんなふうに言ったでしょう、彼女は既に君の中にいるし、既に、肉親としても友人としても君のために尽力しているのに、君たちときたら……と。わたしは、あなたの額、あなたの髪を撫でながら、あなたを愛していると言い……わたしはあなたの娘で、わたしの愛は何処までも確かなこと……なのにあなたにとっては、わたしよりも死が魅力的だったというわけ。そう、そうなのよ、死のほうがわたしなんかより、ずっと優しく魅力的。

このことが、瞬時にすべてをひっくり返すことになった。すべてはあなたがわたしに話す前にもう決められていた。唖然とした瞬間、未だ説明できずにいる。愛のない現場、その現場で取り押さえられたように感じた。嫉妬する。そう、あなたの恋人である死に、わたしはその死に嫉妬までした。

最後には、あなたはわたしに失望した。そしてあなたのベッドの端に腰掛け、わたしは屈辱を味わう。あなたもそれを感じ取ったから？　あなたの目はパッと見開いた。双の瞼から弱々しい涙が、溢れ出て頬を濡らして、やがて水源の最後の一滴みたいになり、枯渇した。水源とあなたは、力の終わり、涙の終わりにいた。

わたしを見ることもなく、涙を流す以上に疲れ果てて、あなたは言った。「おまえたちにはわからない。今度はわたしを助けなければいけない」、と。

あの晩、あなたはわたしに他の事は何も言わないつもりだった。他は何も。だがそれで充分だった。もはやわたしに選択権はない。あなたが口にする前も、わたしにはそれがわかっていた。あなたの決意が撤回できないものであることがわかっていた。鋼鉄製の刃の決意、絶え間なく研がれ、磨かれ、わたしの首に落ちてくるのだ。一度、宣言してしまえば、わたしたちが居ようが居まいが、わたしが居ようが居まいが、そんなことは関係ない。もう、選択権はない。本当はわたしに選択権があったのかもしれない。どういうことだったのか。つまりわたしは無知と一緒だった。

「一緒」。この語が意味したのは、あなたがわたしのために考案し、わたしに指示したイスだった。あなたの名前が黒文字で書かれたノート、意に反してそれを開くことにわたしは同意したのだ。未だ反抗の気持ちに震えながら、しかしそれ以上に怯えていた。というのも後になって知ることになるのだが、カウント・ダウンはもうみごとなまでに始まっていた。

＊

恐怖がわたしに浸透した。得体知れないものとして、体中に染み渡るみたいに。恐怖だけがさらに別のつまらない反逆行為を正当化するのだろうが、わたしはそれをあわれとまでは言わないにしても、役立たぬことを知っていた。

「わたしなら、自分の息子にこんな残酷なこと、決して押しつけたりしないわ」。これこそ、決定的な決めゼリフ。わたしは最初から、あなたと一緒にいることが許可されたのだった。

「最初から」……他にどんな表現があるのか。「それでは、十月十七日にしましょう」という言葉、わたしたちの物語にある未完の時間が来てしまったことを言うために、これ以外のどんな言葉があるというのか?

三ヶ月。三ヶ月いっぱい。奇妙なことに、今日では、わたしたちの物語のもっとも大事な部分として、この三ヶ月を大切にしている。確かにそのすべてではないが、そのほとんどすべてを知っている。どうしてすべてではないかというと、わたしがあなたにすべてを話さなかったからだ。死、それもあなたの死を学ぶ学校で、わたしは良い生徒だった。吐き気を覚えるほどマジメな生徒だった。わたしはあなたに言わなかったけれど……。

わたしの反乱に驚いたあなたは、それを静めようとするでもなく、そのままにしておいた。おそらく、それが避けがたいと、少なくとも理にかなったことと、あなたは判断していた。

初め、あなたは、気分を害することもなく、静かに、優しい雰囲気で、わたしの反抗に向き合った。あなたは風がおさまり、静かになるのを待っていた。

わたしの怒りの企ては、あなたに不安を与えなかった。そんなものは壁の飾りぐらいにしか思えなかった。人が言うように、些細なことだった、違う？　それから、わたしは怒りを鎮めた。怒りに居場所なんか与えないように。それから、怒りがつらいものに変わって、わたしたち二人から言葉を奪ったりしないように。わたしたちの歴史の、いま、この瞬間に、わたしたち二人にとって大切な会話を途切れさせたりしないように。

別の見方をすれば、長い間、あなたが望むときに、あなたの選んだ、あなただけによって選ばれた、あなたの旅立ちの決まりを、わたしは受け入れてきたのではないだろうか？　そのときが来るとして、あなたの味方であることを、わたしは、厳粛に約束していなかっただろうか？

さらにあなたとわたし、わたしたちを不安にしたのは、わたしの恐怖だった。肉体的な恐怖だった、それは、怒りよりもはるかにわたしの本性に近かった。

わたしの恐怖は、あなたに問題を突きつけた。それもカウント・ダウンつきで。

わたしは何をするつもりだったのか？　いったいわたしたちは何をするつもりだったのか？

カウント・ダウン……確かに、わたしたちは、もう明確な期日の脅威にさらされてはいなかった。だが、その日は迫りつつあった。あなたが選んだ日が延期されるとしても、たぶん、数週間、一ヶ月、二ヶ月かそれくらいだろう。いずれにせよ、すぐのこと、あまりにすぐのことだった。

わたしの側からいえば、時間は急に内容を変えたことになる。時間は数え切れない。時間は、打ち違えていた。

毎日、毎晩、決断しなければならなかった。この日、この晩をカレンダーから、引いていくこと、そのうえで日々がなくなっていくのをみること、つまり、宣言されたあなたの死へ向かって歩むこと。

あなたの人生の柱時計から引き算して、その瞬間がやって来る。

引き算が原因なら、わたしはそれ以上やりたくなかった。

さらにわるいことに、恐怖におののきながら、わたしは後ずさりした。

わたしの恐怖に、わたしは怖気づいた。というのは恐怖心がどんどん大きくなっていたから。振り子が揺れるたびに、振り子時計が動くたびに。いったいどこまで、恐怖が大きくなっていくのだろうか。

自分の手帳のページを繰り、ページを捲ると、強迫を受けるみたいになる。あなたの死は、強烈にそこに姿を現していた。確かに。しかしどこに？　どの曜日か？　どの月か？　わたしはあなたの死をいたるところに見ていた。あなたの死は減速した。でも、だからといって、わたしの手帳のページと共に、あなたは死ぬこと、つまり逝くことを取りやめはしなかった。

わたしは時間を間違える、いわば、目も見えなければ、耳もきこえぬ身だった。処刑までの廊下。死の廊下。そこにわたしがいた。あなたの決定をうけた受刑者。すべてを了解して、心静かに、その日を選んでしまったあなたよりもはるかに受刑者の心情に近いという感情がわたしにはあった。

二〇〇二年の手帳の最後の三ヶ月は、幾度も捲られているうちに、くたびれた感じになっていて、行も、行間も、頭がヘンになるほど調べられていた。その日を問いかけるが無駄、眼はすっかり疲れきってしまった。三ヶ月が、きっと待ち構えているママの死の日だけのために、続いて行くのだろう。死を先回りして読む。その発案者であるあなただけが、予言者だった。

いまとなっては、もうわからないことが悔しかった。まったく忌まわしく思えたのは、わたしにとって、日付がはっきりしないことだった。というのも最終期限ははっきりしていたのに、あなたの切迫した行動は避けられなかったから。

ある日、どうしようもなくて、わたしは思わずあなたに質問した。屈託のない感じを装って、気楽なふうに、わたしはあなたに新しい日付を尋ねた。「おまえは、知りたくないんだと思っていたのよ！」

わたしは抗議した。わたしはもうわからなかった。わたしは望んでいた。いや望んでいなかった。わたしにには道がない、あまりに悲痛だ。

わたしの悲痛な思いがあなたを動かした。ママ、あなたはわかっていた。あなたにはジレンマがわかっていた。

なぜならこのジレンマを、あなた自身、味わったことがあり、集まった子どもたちを前にして、その言葉を発する前にあなた自身が感じたはずだ。

わたしたちに言うのか、それとも言わないのかという、その問題そのものが、あなた自身をも引き裂いたのではないか。

「わたしは、おまえたちが、それを聞く心の準備ができていると思っていましたよ……」

そうだ、実際、わたしたちに心の準備ができていたと考えることは、正しかった。わたしは準備ができていたと思う。会う約束を、この時間をあなたと生きる約束を厳粛に交わしたのはわたし。そうじゃなかったら……わたしたちは決してこうではなかった？

実母の口から発せられる、選んだ死の日付を、わたしたちは聞く用意ができないのだ。

たとえその死が、かなり前から、彼女のやり方として認められていたとしても、用意などできない。いいえ、ママ、それはあまりに過分な要求よ。無理だわ。

「そうね、たぶん。たぶんおまえが正しいのよ。おそらくわたしは、そうしなければならなかったわけではないでしょう。おまえたちをこんなに近くに繋ぎ止めておくべきでは……」。

寂しさが、あなたの瞳を涙でいっぱいにした。

あなたの瞳の寂しさが、わたしはいつも耐えられなかった。小娘だ。わたしは小娘的な要素を追い詰めて、駆逐した。それにしても、わたしに小娘の姿がみえるならまだしも、実は何もできずに落胆していた。あなたは、あなた自身の母親を思い出し、彼女なしの子ども時代を想像してほしい。あなたのお母さんのこと、あまりに早くいなくなってしまったあなたのお母さんのことを。

あらためて、わたしは間違っていたと感じた。あなたの死が告げられた夕べ、子どもたちに用意された予告のようには、わたしの約束が守られていないからだ。わたしに関わりある部分的な欠落については、わたしに非がある。こんどは、あなたの瞳の寂しさにある何かに、少しばかりわたしは肩入れしていなかっただろうか？

「ママ、一人ぼっちだと思っているんじゃない？」

わたしに答える前に、あなたはちょっと間を置いた。二人にとって、必要な時間だった。あなたは語るため、そしてわたしは聞くために。「その通り。わたしはちょっと一人ぼっちだと思っているわ。でもね、それは大した事ではないの。心配しないでちょうだい。」

わたしは震えたに違いなかった。なぜなら、孤独の冷たさは、死の冷たさではないけれど、冷気が染み込んできたからだ。死が廊下の突き当たりにでもあるかのように。

あなたが受け入れることのできる孤独は、カウント・ダウンの止確な地点までだ。ただ、その事実がわたしをぎょっとさせた。

わたしは考えた。とにかく、あなたに孤独を感じてほしくなかった。しかしそれを告げる勇気はなかった。恐怖だけがわたしを支えていた。自分の恐怖への恐れとでもいうのだろう。

わたしが頭に思い浮かべるこんな言葉で、あなたには十分なはずだった。あなたがわたしの考えを聞くのも、語られていないことを聞くのも、初めてではなかったから。

もっと後になれば、どうしてあなたが微笑んだのか、わたしにはわかるだろう。このとき、あなたはわたしに微笑んだ……。

＊

数日後、あなたはわたしに写真をくれた。それはかなりたくさんの中から選んだ一枚だった。あなたは覚えているかしら？

「気力がないというか、勇気がないのでのばしてない写真があるわ。もっと後になったら、あなたたちが拡大してちょうだいね。でも、これを見つけたの、ちょっと見て。」

「もっと後」……それは「その後」を意味していた……「もっと後」なら、時計はもう止まっていた。

わたしは、あなたが差し出した小さな古びた写真を手に取った。あなたの目は面白がっていて、ほとんどいたずらっ子だ……。

まさにあなたとわたしが、そこに写っていた。海岸沿いのわたしたちの庭だ。あなたはシニョンの髪型をして、わたしは巻き毛の赤ん坊だった。

こんどは、あなたが面白がったものを、わたしも面白がった。その状況とわたしたちの格好ときたら……子どもを支える母親の格好。何歳だったろうか？　一歳ごろ……オシッコが間に合わないかもしれない子どもを慌てて芝生の上に引っ張って来て、朝かしら、夕方かしら、とにかく慌てている。

母と娘の、この親密な時間に割り込んで、わたしたちをひどく驚かせたのは、誰だったのだろう？　あなたは覚えていないのかしら？　まあ、どうでもいいか。写真は存在し、あなたがわたしに渡したいのは、この写真であって、他の写真ではないのだから。

あなたがわたしに写真を渡したがっているのは偶然ではない。もちろん、この写真には意味があり、時間がなくなってきたいま、すべてに意味がある。何気ない言葉や行動が、カウント・ダウンの時の中では重要だった。

その意味を、一瞬で、完全に把握することはできなかった。母と差し向かいで、その写真を眺めた。数日後に、写真に秘められた謎の部分を発見した。

そのとき、母と娘は、それぞれが別々に、それでも共通の行為のために、一緒になって、あることを遂行しようとしているということ、それだけがわかった。それは、その単純さゆえにかえって謎めいているが、彼女たちを切り離すことができない自然な任務だった。

その瞬間、血を分けた母娘の入れ子細工のような身体が示している、共犯めいた作業のこともわかってきた。でもはっとしたのは、写真がいちばんうまく見せているもの、それは、あなたとわたしの人生についての対話が、奇妙なことにすでに始まっていたという事実だ。

それは写真から見てとれる部分。それだけで、眼に見える部分だけで充分だった……。

隠れている部分、それを意識するようになるまでには、多くの恐怖と多くの後退が必要かもしれない。

写真がわたしの手に渡ったとき、わたしは途方にくれたのだろうか？

いずれにしても、今度はわたしが写真を見て何か他のことに気づく番だった。写真を見て発見する感覚が求められていた。再会のマジック。わたしはその場面を追想した。遠くにいるわたし、わたしの身体。安定していて、経験してきたものに忠実な……そんな感じ。

わたしは、あなたの腕がわたしを支えているのに気づいた。完全な均衡を保ったブランコのように、わたしはあなたの腕にきちんと収まっている。

「えっ、ママ、わたしを持ち上げるの？」

「もちろん、持ち上げるわよ！」

わたしの真上に、あなたの口からの息遣いがあって、それがわたしに勇気を吹き込んだ。あなたの胸がクッションがわりになって、わたしの巻き毛の頭を支えている。

わたしの真下に、庭の伸びた草むらがあり、わたしの剥き出しのお尻をかろうじて隠している。危ういモデル。未知のものがそこにあった。

「さあ、しなさい、怖がることはないわよ！」

怖がることはない……。

わたしがはっきりと聴き取っていたのは、まさにその言葉だった。いつものママの声。わたしには、その言葉を茫然と聴く以外にどうしようもなかった。別の言い方をすれば、母から娘に対して厳命が下ったのだ。さらに言い方を変えれば、母が扇動したのだ。「怖がることはない」という言葉は、すべての恐怖、娘の感じるすべての恐怖に対して投げかけられていた。

伸びた草むらの上に、オシッコをするのを怖がることはないのよ。おまえの母が死ぬのを怖がることもないのよ。どちらも似たようなものだから。格好に関しても、自然に関しても、同じ秩序に属するもの。わたしはおまえに言う、「怖がらないで」と。なぜならお互いに学び合ったのだから、穏やかに、苦悩もなく。草むらの上で、未知のものから、誰かがあなたたちを支える、あなたたちをうまく支えてくれるのだから、「怖がらないで」。わたしはおまえの母親だから、わたしはおまえを支える。おまえにはわかることだよ。おまえはわたしの腕の強さを信頼していいのだから。わたしはおまえに教えることだろう。わたしが教えるのは、死、わたしの死、ちょうどわたしが最初におまえに、海辺のあの庭で、危ういオシッコを教えてあげたように。それは似たようなもの。いずれわかるでしょう。さあ、授業に戻りなさい。ノートを開いて。あなたが望むなら、最期までページを捲りましょう、一緒に……。

振り返ると、わたしはこんな場面を夢想していたのか？　それは重要ではない。わたしは、解釈を積み上げていく趣向、ごく些細な印に意味を見つける傾向、現実の世界に僅かに現れた姿に意味を求める志向が、わたしの中にあることはわかっている。けれどあなたもそれを知っているので、あなたはこの写真を、他の多くの写真の中から選んで、わたしに見せてくれた。きっと、意味の最後の部分まで、最後の断片に至るまで、わたしが解読できるとあなたはわたしを信頼したに違いないから。

写真は、わたしの部屋のドレッサーの上にある宝石箱の中に置かれたままだった。ずっとそこにある。写真を相手にして、あなたが逝く前も、逝った後も頻繁に話をした。逝く前は、子どもの格好をして、確かめてみると、あなたはまだ支えてくれていた。そう、未知のものの上でわたしをしっかり支えていたのだ。逝ってしまった後は、指先でキスの合図をおくり、あなたに感謝する。

その場面は夢想なのか、夢想でないのか？　そこにどんな違いがあるのだろう？　わたしがそこから力を引き出したことが重要なのだ。それはあなたから得た確信であり、海辺の庭の時代から、切り離せないわたしたちの二つの身体のバランスをとったブランコみたいな、完璧な均衡である。わたしに対しての最初の授業は、娘としてのわたしの格好から考えて、生命について、未知のものについての授業だったと要約できる。

夢想があってもなくても、振り返ってこうした場面を描写しているうちに、わたしは決定的な証拠を手にした。つまり、必要があるなら、わたしが写真に託したかった意味は唯一可能だったということ。この確信は、書くことから生まれた。書くこと自体にも独自の格好がある。

呆然自失状態でわたしが理解したのは、この場面に近いものがどれほど多くあったかということだ。わたしのごく最近の本『逆さまに』に、こんな場面があったことを思い出す。「母の死の場面」。彼女たちは互いに生き写しで、同じリズムに則っていて、未知のものを怖がり、空虚に向かって失墜してゆくイメージを共有していて、さらに登場人物たちが同じ姿勢をとる。一人がもう一人を身体ごと保護し、その運命を全うするための自然の摂理に従うのだ。一人はもう一人の生命のすべて、死に関するすべてを受け入れて、支援する。

小説では、息子のポールが、母親の死を手伝う。写真の中で、わたしの女としての生命の手ほどきをするのは母親、あなたである。

わたしはこの発見にあきれた。あまりにも明確な、独自の照応関係があった。いつものわたしたちの対話の中で、書くことはしばしば話題になった。あなたはそれに付き合ってくれた。わたしの個人的なあらゆる質問に対するのと同じように。わたしの筆の最初の一行からずっと、わたしの目の前にある物事、少し謎めいてもいる物事に対して、あなたは興味も、また困惑も隠さなかった。あなたはそこから逃げたかったのかもしれないけれど、そのことがむしろわたしたちを近づけてくれた。あなたはまったく妥協しなかったけれど、書くことについてあれほど向き合って話さなかったら、わたしたちはおそらく離れ離れになってしまっていたでしょう。もしそんなことになっていたら、わたしたちをしっかりと繋ぎ止めていた絆は切れてしまって、他のことで再び結ばれることはなかったはずよ。なぜなら他のことなんて、わたしにはあまり重要ではないから。

母親の死の場面……わたしのほうから言わせてもらうなら、あなたはそれをわたしと分け合ったのよ。未だにわたしを混乱させている、ある種の共通のインスピレーションの中で、あなたはその場面の誕生を体験していた。

あれは二年前の夏だった。あなたは南仏の家に数日の予定でやって来た。遺跡の風車小屋を、讃えたがった。わたしたちと一緒にあなたは中を見たがっていた。でも、後になって考えてみると、Uとわたしについて来るためだったと思う。二年前だった。いつもと同じように、あなたは何の注意も与えることなくこう言った。「この家にはもう来ないわ。見るのは、これが最後、だって、わたしの望みは、あなたたちのそばで、ほんの一瞬だけ暮らすことなんだから。」

それは確かだった。あなたは二度と来なかった。

この文章は、言葉に二重の意味が込められていることがきちんと伝わるように出来ていた。

「こんにちは」から「さようなら」まで、わたしたちの真新しいこの場所へ挨拶をすることが、あなたの望みだった。言葉は優しかったけれど、鋼の刃がついていて、しかも研ぎ方がヘタクソだった。

わたしたちはまだ、カウント・ダウンの中にはいなかった。しかし心のどこかで、あなたの旅立ちが徐々にはっきりとしてきていた。だから、耳に聞こえたあの言葉で、あの夏の日々、あそこにあのときを最後にあなたが居たことを思い出したのだ。

舞台衣装をまとっての総練習、それとも衣装合わせなのだろうか？　そう、ちょっとそんな感じだった。あなたの居ない、これから来るあらゆる夏に、夏の時計で行われる未来の引算。そのとき、それぞれの感動を味わう数日間。時間はもうないのだろうから、唯一のものとして時間を生きなければ。喜びと悲しみのまざった最後の一滴まで、滓になるまで搾りきらねば。

初めて、わたしたちが一緒に生活した日々、わたしはあなたの疲労の極みを推し量った。

とても悲しそうにあなたが使った「わたしは疲れた」という表現は、新たな意味をもった。つまり胸を引き裂くという意味。確かに疲労していた。あなたは疲れていた、そう、疑いようもなく――わたしはその事実の、無力なうえに気力もない証人だった――あなたがこの家に戻ってこないことを認め、その確かさをわたしも共有してしまうに十分なほどの、疲労だった。

まさにそんなときに、わたしは両性具有のポールのために、母の死、彼の母の死を書いた。それは単なる偶然、とあなたは言うかもしれないが、あなたが来たちょうどそのときに、ポールの物語のその部分をわたしは書いていた。まさしく彼の母親は死にかけていて、ちょうどそのときだった。わたしは、あなたのために自分の部屋の下の部屋を片付けていた。

偶然なんて、わたしはあなたと同じくらい信じていないけれど、わたしたちの二つのベッドのうち、あなたのベッドは一階に、わたしのベッドは二階にあった。同じようにポールと母親のベッドも上と下の階にあって、そのありようはほとんど重複していて、ちょっとした入れ子細工みたいだった。わたしの下で、あなたの動きのすべてが感じられた。わたしは、その緩慢さ、脆弱さに気づいていた。わたしのところまで伝わってくるあなたの衰弱を、静寂の中に感じていた。でもあなたは、上の部屋でわたしが執筆中だと知って、音を立てたくないと思っていた。

わたしが思い出す言葉、死についての言葉が、毛の大きなショールにくるまって読書をしているあなたの静かな部屋から立ちのぼってきたのだと思う。毛のショールを広げていたのは、少し寒いとあなたが言っていたから。夏のまっさかりなのに寒いなんて……。

「臨終のベッドは、他のどれとも似ていない。死を上から見下ろしているのは小さな石塀である。」死に瀕しているポールの母親は、だんだん、わたしのママに似てきた。あなたたちの二つの顔が混ざり合った。まもなく、ポールの腕の中で死んでいくのはあなたになった……。

「息子よ、元気かい？」

「ああ……いま、来たところ。」

「わたしはじきに逝く。おまえ、わかっているかい？」

「うん、だから僕は来たんだよ。」

わたしはポールではない。ぜんぜん違う。わたしは娘であり、本物の女の子だった。だけど、わたしもそのために来るのだろうか。あなたが石塀から飛び立つときに、わたしはそこにいるだろうか。あなたが飛び立つときに、ポールのようにわたしも「母の臨終の湿ったシーツに」滑り込むのだろうか。

二つの部屋の間で交わされたのはこうした言葉で、あなたの極限の疲労がわたしのところまでのぼってきた。あなたの部屋の真上で、同じ構造をした部屋の中、わたしが今日あなたに話しているこのベッドまでのぼって来るのだ。

あなたは時々わたしの本の中の住人になったけれど、そこではあなた以外の別の者だった。間近に迫ったあなたの旅立ちの脅威もなく、真夏にあなたを見舞った寒さもなく、あなたの振る舞いと言葉に備わっていた威厳を切り捨てることはできないとしても、さほどの荘厳さもない。とりわけ、わたしがのちに知ったような、途轍もなく大きな疲労もない。また神秘的なやり方で、わたしの手に霊感を吹き込むこともなかっただろう。

わたしはあなたにこの奇妙な交霊を語らなければならなかった。そこから言葉がやってきたこと、わたしはあなたを愛する人の腕の中で死なせたこと、そして息子であると同時に娘である一風変わった人物について。ただし、飛び立つ必要があるときに、死の小さな威圧的な二つの壁があなたを傷つけることはとくに望まなかったということ。

わたしたちは、南仏のトマトを食べるために柳の木陰にいた。「ママ、知ってる？　今朝、わたしがわたしの小説の登場人物の母の死を書いたってこと……そして……それを書きながら、わたしはあなたのことをずいぶん思っていたわ。」

あなたはわたしに視線を上げ、一冊じゃ描き切れないという感じで、変わりやすい空を真っ直ぐに見た。視線はキラキラ光り輝いていた。わたしはその視線に守られて育ったのだ。「いいわ」とあなたは答えた。

「いいわ」。わたしがあの小説の中で完成させたものは、よかったのだ。あなたはわたしを褒めてくれた。

あなたは、讃えてくれた。ポールの母を通して、かくも容易に、自然に、あなたを死なせたことを讃えてくれた。いいわ。そうしなければならないんなら、いいわ。わたしの死が小説の登場人物の死以上に、構想しにくいということはないでしょう。娘よ、これから演じられる場面の総練習か衣装合わせの稽古に立ち会うのはいいことよ。それを演じるときが来たのだから。あなたを苦しめているわたしの極限の疲労のせいで、そのときが来た。わたしにはわかっている。

小さな生徒にとっては、良い点以上に大切な最初のイメージは、死の学校の「馴らし期間」。最終的なカウント・ダウン前にその期間が必要でしょう。

娘を誇りに思いつつ、あなたは柳の木陰でトマトを味わっていた。あなたがよく笑ったのは、わたしが自由に学んでいるのがわかったからだった。もっと正確に言えば、それこそをあなたはわたしに期待していた。恬淡としていて毅然とした態度は、著作活動が必要とするものに似ている。そしてわたしは、まったく意外なことに、あなたの誇り高い態度にそれを期待した。あなたの陽気さがわたしに伝わった。偉業を前にして、つまりあなたを文章によって死なせるということだが、それに対する笑いが報酬だった。そうした笑いを、わたしたちは共有していた。

わたしは考えた。笑いは、悲しみの涙に、まるで水滴のようなそれに似かよっている――涙が出なかったとしてもだ――そのとき、泣かなければならない何かを、わたしたちは一緒になって笑い飛ばす。

わたしはいろんな神様に祈った。小さな石塀からあなたが死に挑むときも、わたしたちの笑いが悲しみの涙に勝りますように。笑いの中から汲み取られた力が、その無作法な振る舞いも救済してくれることを望みつつ。

＊

あなたが自身の死を凡庸なものにするために払っていた努力を前にして、わたしはある感情を覚えていた。その感情を語るに最も適していたのは、まさにこの「無作法な」という言葉だ。

この感情は、わたしたちの間の討議、討論の対象だった。そして、わたしが未だに探求しているものでもある。たとえ死の学校が終わったとしても、そして、最後のページが捲られ、あなたの名前が付いたノートが閉じられるとしても、だ。

「死の通俗化について」と題された授業を、わたしは学びたくはなかった。わたしはそれを放り投げた。わたしはこのとき、その馴らし期間で壁にぶつかっていた。未だタイトルもついていなければ、さらにほとんど内容さえなかった。わたしが受け入れているものに、あなたは理解をしめさなかった。

あなたの教育者としての才能は、わたしの頑固な性格には効果がなかった。まったく。仮に死が、あなたの言うように「物事の秩序の中にある」（あなたが説得したかったのは、実はあなた自身ではないかとわたしが疑問に思うほどしつこく強調していた）としても、実際、死は、さらにあなたの死は、些細なことではない。

わたしの目からみて、物事の秩序の中にあるという事実は、それほどありふれたものではなかった。わたしはそれと正反対のことさえ付け加えるかもしれない。

午後になると、特に最初の頃は（最後には自分たちのエネルギーを倹約し、それを他のことに使うようにしたから）、この論争の的となるノートの数ページを題材に討論した。しかしわたしは同意を拒否していた。

厳密に言って、この点に関して、あなたもわたしも、最終的に譲歩に至る可能性はない。そのうえ、十月十七日という日付を、あなたが、ちょっと見たところ軽い気持ちで決めてしまったように思えるのは、ただ平凡という大義名分のせい。平凡さという大義名分があるからこそ、旅行の日付や他の予定のように口にされ、わたしたち四人の子どもの四冊の手帳に書き込まれてしまったけれど、それはあなたが、子どもたちの予定と尊重すべき義務に配慮してのことだった。あなたはその詳細を知っていた。思慮深く優しい母親として、あなたの視線でちゃんと子どもたちを導くために、あなた自身の手帳には、子どもたち一人ひとりの大事な日、特別な行事が記されてあった。あなたの側からは、一人ひとりに優しさと注意をもう一度復活させる必要があったのだろう。

だから十月十七日という日付が選ばれてしまった。――あなたはそれをはっきりさせることに執着した――「可能な限り最小の迷惑」で済ますために。あなたの死はわたしたちの日常を少しも変えるべきではないかのように。あるいはそうだとしても、ほんの少しで済むように……。わたしたちの生活に混乱を起こさないこと、あるいは起こしたとしても、ほんの少しに留まるように……。それは物事の普通の流れの一環となるべきだとあなたは思っていた。もちろん、その日は他の日とは違っているかもしれない。荘厳さがほんの少し加わるかもしれない。ちょうど誕生日みたいに。そうだ、一種の誕生日なのだ。

子どもたちに迷惑をかけずに旅立つことは、あなたにとって最小限のことのように見えていた。母親という存在に、自分の死でもって子どもを煩わせるどんな権利があるというのだろう。九十二歳のあなたにそれを尋ねる。

旅立つ時間だから、旅立つの。それだけのこと。そういうものでしょう、おまえ。それが物事の順序というものです。

あなたが、こうした繰り返しを始めると、わたしは我を忘れ逆上した。この繰り返しときたら、禁欲主義と宿命論と美徳の熱意がごっちゃになっているのだから。

「だけど、ママ、わたしにいま言っていること、ちゃんとわかっているの？」

そう、そうだわ。あなたはわかっていた。自身の死を凡庸なものにするという意思は、さらに深い熟慮、倫理的で世界の秩序に則った視野、人生の哲学に刻まれていた。ここには、老婦人の存在する余地はない。

例えば、あなたは医者を呼んだり薬を使うのを嫌悪した。なぜなら、とても高齢な人は、もし旅立たなかったなら、そこにつま先立ちで、静かにこっそりと留まらなければならないと、あなたは考えていたから。まもなく、完璧にそうなってしまう前に、少しでも死を作りださなければならないし、自分が執拗に存在することで、自分より生き生きしている人たちを邪魔するべきでないと考えていた。

それはモラルの問題だった。良識を問うているのではない。

同様に、インディアンの部族に伝わるある古い伝統を、あなたは知っていたのかもしれない。肉親者の足手まといになりそうなくらいの年齢になると、長老の女性は、雪の舞い始める最初の頃に、森の奥深くで慎ましく死ぬために立ち去ったという。

原則として問題になるのは、彼らの正当性そのものである。わたしだって、このお手本は、すごいと思う。だけど残酷、あまりに残酷だ！　冬の間じゅうずっと、暖かい場所で、自分たちのテントの中で、あなたを守りたかった。雪のように白くなったあなたの髪に、これ以上、小雪が積もることを望むことはなかったのに。

六年前、あなたがマリ共和国へ行ったとき、インディアンの長老の女性の例をあなたは意識しているはず。あなたは八十六歳だった。アフリカの奥地を訪れたけれど、ぜんぜん無理ではなかったし、堂々としていた。まさに賢婦人たる助産婦で、習得した分娩法を現地で実践をしようと出かけた。学んだことは忘れないときっぱり言っていた。理想があり、――おそらく希望もあって、――そこ、アフリカの奥地にとどまり、決して戻らないと言っていた。老齢のインディアン女性のように、夜明けに姿を消して、もう戻ってこないつもりだった。

この可能なら戻ってこないという問題に、あなたはすばり解答を与えた。一片のユーモアもない。あなたの要求があまりに派手で目立つものだったから、それは逸話となった。口にした大胆な希望は、やや変更が加えられたものの、「そこであなたの生命が尽きてしまった場合には」、自然の持っている循環機能を優先して、ニジェールかどこか別の川のワニにその身体を投げ与えるように、というものだった。わたしはあなたの手書きの要望書を見た。繊細で、入念な記述だった。紙に向かうときのあなたはいつも同じで、文字と思考に最大限に正確であろうとしていた。あなたの四人の子どもたちに、あなたがこれからしようとしていることを裁可させるなんて、それはあんまりだ。

仰天していたわたしは、そうと知らずに、この前代未聞の書面に署名をしてしまったのだ。間違っていたのは、あなたを信じなければならなかったこと。今日ならうますぎるほどに推し量れるのだけれど。同じ約束を、首都バマコの医者から取りつけることができていたら、あなたはそこで最期となったでしょうね。医者はあなたの足のひどい傷の治療に五時間かけて村まで来たのに、場違いな情熱だと叱られ、手ひどく追い払われてしまった。あなたは言った。何ていうこと！　八十六歳の老女を見舞うために何時間もかかって通って来るなんて！　何週間も前から空しく医者を待っている十人もの村の女性がいるのですよ。先生、その行為はあなたにふさわしいとお考えか？

最終的には、Uの助言を受け入れた。つまり、周りの川にはワニがいないことを確認して、あなた自身がそのエサになるのは諦めた。それに、ワニたちの宴会は、人間には大迷惑だった。そのうえで残る問題は、あなたの身体を地域の医学部に献体するということだった。何十年も前からパリであなたはそう決めていた。あくまで死を詩的にはしない意向だった。たとえわたしがその行為を理解することがあっても……。

わかっていると思うけれど、わたしはこの文章を書きながら、笑っている。あなたをユニークな存在に変えたこの部分を笑っている。あなたがわたしの母、つまりわたしの唯一（ユニーク）の母だからという理由だけではない。誰とも比べられないあなたのいたずら好きの才能のせい。それを奇行とは言わないにしても、わたしを唖然とさせる行為。いいえ、わたしの眼をくらくらさせた態度。でも、あなたのエキセントリックな態度は、計算されたものでも人工的なものでもなかった。それはきわめて単純で自然なもの。あなたはナチュラルに人を驚かすし、とりわけあのときはほとんどあなたに驚きなんか期待してなかった。あなたがいったいどうやってエキセントリックな性向を、あなたのきめ細かい教育熱、強い義務感、過熱した倫理意識から、守ることができたのか、わたしにはわからない。でも、エキセントリックなものへの志向が現に存在しているという事実、それがあなたの自己を超えて、死とあなたの関係や、あなた自身の死との関係の中で、ある役割を演じたと考えないではいられないほどだった。生命の最期に関わろうとするあなたの積極的な参加は、哲学的な次元にあったけれど、それを排除するわけではない。

この抜き差しならない独創性は、どこにも還元できないもののようだ。あたかもそれは、あなたから逃れ、あなたを越えて、もっと才気のある、もっと魅力的な存在へとあなたを変えていくように、わたしの眼には映った。

ここでもう一度、わたしはこの無作法に立ち戻ろう。とりわけ、どんな犠牲をはらっても、あなたの死を普通のこと、当たり前のことにしようとする意志へと立ち戻ることにしよう。エキセントリックな行動が、あなたの死にはつきものだった。それは、度を越して膨れ上がる。あなたの頑固な意思はわたしには馬鹿げていると思えた。死を凡庸なものにすることは、結局、当たり前ではないようにも思えた。

わたしは、あなたにそのことを指摘し、パラドクスを言い当てたことを覚えている。あなたは、わたしが物事を考えすぎると思っていたとしても、わたしの意見に反対していなかった。そのとき、考えすぎるからこそあなたの死を考えないで済むのだと、あなたに言ったはず。そのこと、つまり、あなたの行為に、わたしは名前を与えることさえできなかった。とりわけ、自殺などという名前は、口に出したり考えたりすること自体、あまりに忌まわしかったし、あなたが解決を与えようとしていたイメージからは懸け離れていた。行為の意味について語ることが、行為を抽象化してくれた。そしてわたしは突然こう言った。

ダメ。ママ、そんな考えをわたしに受け入れさせようなんてしないでね。陥り易い考えだけど、突発的なママの死は、わたしにとって、昼間の太陽に黒幕がおりるようなもの。ダメ。あなたの死ぬ日は、記念日にはならないだろうし、いずれにしてもそうなるべきじゃないわ。だって、あなたの死ぬ日は、いわばわたしの死ぬ日よ。あなたが何と言おうと！

わたしは悲しみと失望を応酬したのだった。わたしにはそうする権利がある、だってわたしはあなたの娘だから、わたしは苦しいのだ。苦しみはわたしのものだった。わたしの、わたしだけのものなのだ！

わたしの母であるあなたは、そんなことを望んでいなかったし、もちろんわたし自身でわたしを守るために——そしてこのことはもっと後になってやっとわたしは理解したのだけれど——あなた自身であなたを守るためにも、あなたは何ひとつできなかった！　それに抗して何ひとつ！　あなたには、母親を突然奪われる娘の苦しみを、邪魔する権利はなかった！

おのおのにはその役割がある。各自には各自の選択がある。あなたの選択は、死という選択だった。わたしには、正当な愁訴という選択がある。

それからわたしは余計なことを口走った——生まれつきの性癖だけれど——前もって、自分の思いを口にしたのだ。永遠に慰められたりはしない、と。烈しく動き回り、声は上ずり、その声のまま言葉を口にしていた。ふと、われに返るとあなたは笑っていた。衒いもなく、気持ちよく、優しそうに、あなたが笑っていた！

わたしは、ほんとに一瞬、あなたを嫌悪したはず。そう、ほんとに完全な一秒ほど、最高音から、高揚した精神の絶頂から下降する間。あなたの手がわたしの手をとるのを感じるまで、そしてあなたの新鮮な笑いが、わたしの孤児としての涙に躊躇をあたえるまでの時間だった。

また、笑い……。笑いはいつもわたしたちについて回ることになる。魔法みたいに、あなたの死への旅にもずっと付き添って。わたしたち二人にしてみれば、悲劇に対する理想的な解毒剤になるかもしれなかった。

わたしはあなたを両腕で抱いた。あなたの笑いがわたしに滲み込んで、わたしの中に入ってきて欲しかった。笑いの至高の力がわたしに滲み込んで欲しかったのだ。

もう既に感じていたことだけれど、あなたを抱きしめると以前より小さくなっている感じがした。わたしはこんなふうに思った。もし、あなたがたを全力で支配した母親がいて、あなたがその子どもだったら、彼女がぐらりとよろけたり、衰えたりしているのを感じるのは、腑に落ちないことかもしれない。でも、わたしが貪るように吸収した、人を救うようなあの笑いの力はすべて、やっぱりあなたから来ていたんだわ、と……。

笑いで一休みしたあと、あなたと議論を闘わせるために再スタートすることになっていた。いや、もっとシンプルに言えば、わたしたちは他の話題にした。

あたかも、問題など何もないように、おしゃべりするためならばわたしたちの目の前に生のすべて——あなたの生のすべて——があるかのように、そのうえで他のことを話すことができたのは、異常なことだったかしら？

なぜなら、爪先立って隠れるには限界があるから。禁止されているとはあなたも感じていなかったのであなたの流儀で騒々しい世界に加わり（その世界には、隅から隅まで、あなたは積極的に参加していたし、あなたに近づいてくる人はみんなそのことを知っていた）、態度の表明をおこない、生き生きした激しい批判精神で情報を得ていた。政治的な突発事からわたしの髪の色に対する注意まで、道徳的な不正から女性たちの心理の鋭い分析まで話は飛んだ。

こうした熱のこもった会話の間や、母から娘へ、娘から母へと素晴らしい自由を分有していた間、日付、新しい日付があなたの頭の中にはあったので、あなたはその瞬間がカウントされているなんて、もう考えなくなっていたのかどうか、わたしにはわからない。わたしはあなたにそのことを質問しなかった。そうだともそうでないとも言えるのかもしれない。

そうだと言える理由は、あなたの態度にも、言葉にも、物事への興味の持ち方にも、なんら変化はなかったから。あなたは同じだった。まるで変わらなかった。質問しても、冗談を言ってふざけても、表情が曇っても、感動しても、気を悪くしても、大喜びしても、同情しても、変わらなかった。でも、そうでないという理由もある。もしよく耳を欹てて、よく見ていると、ある指標やある挙措が、死滅への切迫した感情をわたしに教えに来ていた。あたかもわたしの記憶にしっかりと書き込まれ、意識の地平で、常に考えに入れていることを確かめるかのように。

この普通じゃない三ヶ月の、最初の一ヶ月は、一度か二度、あなたの専制的な力説にわたしは異議をとなえた。

「よく聞いて、ママ。わたしは忘れてません。そんなふうにわたしを苛むのはやめて。わたしたちが分かち持っているこの時間を、わたしは、心から離れないあの記憶抜きで味わってみたいわ。あなたは、何かをほのめかして、全部を台無しにしている！　どうして、どうしてそんなことをするの？」

「でも、おまえ、これはイジメじゃないよ、断じてね！　わたしは、わたしが死ぬという観念におまえが慣れるように、親しむことができるように、こんなことをしているの。死を飼い慣らすということ、おわかりかい！」

あなたの無邪気な応答に接すれば、わたしは言葉を飲み込むしかないし、困ってしまう。母親の自発的な死を、飼い慣らせるのか？　こうした異論をどう考えることができるのだろう？　「あなたの」頭の中でも、「わたしの」頭の中でも、もちろん、血を分けた母娘のわたしたち二人の頭の中ではさらに、うまくいかなかったし、もはやうまくいかない、ただそれだけだ。最悪なのは、完全に理解不能で聴き取ることさえできないこの返答を、あなたがずっと携えていくだろうということだった。ただ、母の優しさを読みとることのできた視線からは……。

＊

わたしは書類に身をかがめている。何かに没頭している。八歳で、没頭している。学校が終わった後、祝福されるこの時代に毎晩のようにあなたの働く医務室の片隅で宿題をしている。

寝台の汚れのない白にインクをつけないよう、わたしは注意する。おとなしくしているという条件で、中に入れてもらっているからだ。一方、あなたは、そのタイル張りの高いテーブルに小瓶を並べている。

途切れることなくやってくる男の子たち、反抗的な若者たちから見れば、わたしはとても無遠慮な小娘だ。ここは、「改善センター」という別名を持つ場所で、わたしたちの父が仕事をし、あなたは彼を助けていた。赤チンと鎮静剤にも等しい言葉を援軍にして。

さしさわりが少しでもあると、あなたはわたしにちょっとの間、外に出ているよう求める。わたしは好奇心と短気のせいで、扉の後ろで苛々している。でも、ごく普通に考えても、わたしは、大抵の治療は目撃していた。どんな治療も見逃していないと思う。

肉体と魂の痛みが、本当に驚くべき二重奏を奏でるということを知ったのは、この場所だったはず。あなたのおかげで、あとになって、肉体と魂の綺麗なハーモニーや不協和音を本の中でわたしは展開してきた。

肘や膝に巻いてある包帯は、それについていた言葉に比べれば何でもなかった。わたしは早熟にも、その意味がわかった。

わたしのノートの下のタイルのように白い、白衣姿のあなたが、じたばた抵抗する、皮を擦り剥いた人たちの周りでいそがしく飛び回るとき、あなたの偉大な力を無理にも認めなければならなかった。彼らはといえば、身も心もあなたに手当てされ、唇には微笑さえ浮かべて出て行った。

あなたは、一種の孤児たちの親代わりだった。彼らには、わたしなどにはとても乗り越えられないと思える苦しみがいっぱいあって、それに打ち克ったときは、あなたが不屈の人間にみえた。あなたを不屈の人間と信じることは、不死の存在と捉えることだった。でもそれは間違った思い込み。この思い込みほど危険なものはなかった。

あなたは、あの特別な夜を忘れなかった。その夜、与えられた治療が終わり、わたしも宿題を終えて、わたしたちは医務室を後にし、家へと戻っていた。風がざわざわと大きな木を揺らす日暮れの公園を横切った。あのときの会話（わたしたちはよくこのシーンを思い出した）は、二人に共通の、血を分けた母娘の、今とは違った姿のアンソロジーの一部分になっている。母親とその子どもという姿で、手を固く握りあって、ぴったりくっついて歩いていた。十一月の風は強く空は恐しかった。

不屈で不死のあなたに対して、わたしは娘としての燃えるような思いを打ち明けた。そのことにすっかり満足を覚えると同時に不安も感じていた。風は強すぎた。空は低すぎた。

「いい？　ママ、今日学校で、わたしは（当時もっとも親しい女友達の名前をあげた）に、ママのこと、崇拝してるって言ったの。そしたら、彼女が何て答えたか、わかる？」

「わからないわ。何て答えたのかしら？」

「彼女が言うには、人が崇拝することができるのは神だけなんですって！」

わたしはあなたの笑い声を聞く。あなたの快活な返事を聞く。一方で、あなたは、突風に捉えられたわたしたち二人の身体が、離れないように、ぐっと抱き寄せた。

「お友だちにも理はあるわ。あなたがわたしを愛していると言うだけで十分だもの。」

「ええ、でも、わたしはあなたを崇拝したいの！」

わたしは大声でそう強く言い放つと、文章の終わりを言わないでおいた。その言葉は、これから先、長い間、密かにお守りのようにしてわたしについてまわることになるだろう。なぜなら、最後の言葉は、秘密のままだったから。「だからあなたは決して死なないの！」。わたしはそれを発音することを自らに禁じていた。それを言うことは冒瀆だった。

この瞬間から、わたしはその言葉に、このうえない魅力的な力を与えた。小さな女の子だけができること。冒瀆的な言葉は、わたしに沈黙を強いる魅惑的な力を招き寄せると同時におびえさせもした。

縁起をかつぐわたしの目からみて、崇拝は、実際、不死と強く一つに結びついていた。その二つを切り離すことはできなかったし、十一月の、公園の、揺れる大きな木の下で抱き合い、しがみついていたわたしからあなたを切り離すこともまた不可能なことだった。

いずれにせよ、その時代の親友とあなたは二人とも、わたしの中に重大な、しかもおそらく治癒不能の徴候が現れるのに勘づいていた。つまり、わたしの愛情は崇拝的で、あなたを失うのではないかという怯えは偏執的だった。

奇妙なことに、宣言されたあなたの死に向き合っているわたしの弱さと強さは、この強迫観念から出てくることになる。思いもよらない冒険物語になるだろう。子どもの頃から抱いている冒瀆と信頼の果てをめざして弱さや強さを裏切ることもなく、わたしが成し遂げなければならない冒険旅行。子ども時代の思いを自ら裏切ることはない。そうでしょ？「あなたは決して死なない」……あまりにも優しい、子どものこんな願いがわたしには親しいものだったので、今日、あなたの死に臨むと、奇妙な空虚を感じてしまう。苦いというより甘美な空虚。わたしは空虚を埋めなかった。なぜなら、空虚は空虚でありえないから。奇蹟のように澄み切った空虚。いや、静かな空虚。わたしはあなたに、最初にあなたに語りたいと思う。あなたがそれを可能にしてくれたから……。

わたしがあなたと一緒にいる、あなたの目の前にいる、逆説的だけれど、そんなときにしか押さえられないカウント・ダウンのテンポ。それが始まって、一ヶ月以上が経過していた。謎めいている。あなたがわたしの苦しみの対象であり同時に苦しみを軽減することのできる唯一の存在であることをわたしはまだ認めないでいた。あなたが、どうして、いかなる手当ても考えられない痛みの原因であり同時に薬でもありえたのか、わからなかった。わたしは白衣の姿を見たくなかったけれど、夜も昼も時計の振り子で動転したわたしの頭のまわりを白衣はあちこちに飛び回っていた。それほど激しい恐怖でわたしは理性を失っていたのだ。

もっと後になって、わたしは理解することになる。もっと後になって、それを知ることになる。傷口を閉じる言葉が、同時に傷口を開けてしまうことを。あなたが自分自身でギロチンの刃を用いて傷をどうして開けてしまったのか、その理由を。

*

ギロチン！　なんて怖ろしい言葉！　小学生だったわたしの頭の中で、何かが変化してしまったに違いない。黒い文字であなたの名前が書かれたノートのページを、小学生のわたしの勉強机で捲ってからずっと、その言葉はまったく不適切なものだった。

ギロチン！　この語はあまりにも血塗られていた！　この言葉は、あなたを死刑執行人にした。あなたはそんな人じゃないのに。本当のあなたとは違う獰猛な存在にしてしまう。

とても短い鋼のような言葉によって日付が区切られてから、わたしはそれらの語をよく切れる刃としてしか理解していなかった。その日に備えてやった多くのことをわたしは忘れるべきだった。

血も凍らせてしまうほどわたしに滲み込んだ寒さは、つらい屈辱感に見舞われて突然甦るとき以外、確かな記憶まで失わせてしまったらしい。記憶喪失のようだ。「ギロチンの刃」の暴力のせいで起こった記憶の喪失。

わたしは変わるべきだった。なぜなら、カウント・ダウンにもかかわらず、物事は、ずっと以前の告知の前の状態よりも、もっと落ち着いて静かな状態に戻っていたからだ。わたしは、再び、思い出すことになった。完全にあなたに同意していたことを。時が来たと判断したら終止符を打つ決心をするというあなたに同意していたことを。自由な女性の人生に不可欠な瞬間である死、その死に対してあなたが主人であることをすでに認めていたとわたしは思い出した。

長い時間をかけて熟考したこの選択を、あなたは哲学的に思考し、深く掘り下げた。それはすでに精神の要求となっていた。もっと言えば、一つの積極的な社会参加、攻撃的な行動である。当初は、わたしたちの父親に導かれた行動であったが、彼がいなくなった後は、たった一人で、さらに意欲的にあなたは取り組んでいた。そのうえ、闘いを支えている協会*を厳固たる確実な情熱をかけて、最後まで後援するつもりでいる。

これらすべてを、そう、わたしは頭ではよく理解していた。道徳的かつ知的な探究の歩みもわかっていた。その容赦のない論理、合法性にわたしは賛成していた。

尊厳をもって死ぬ権利は、あなたにとっては義務になっていた。わたしもその原則を受け入れていた。尊厳のない死に直面していると感じたことがあったので、自分自身のこととして徹底的に考え、その妥当性を認めていた。

すべては、尊厳でないということの定義にあった。それはどこで始まったのか？　どんな基準に則っているのか？　耐えがたいという限界はどこにあるのか？

これらの問題について、わたしは討論した。最初にとりわけあなたと激しく議論を闘わせた。すでに秘密を打ち明けられて、カウント・ダウンの苦しみを注意深くそして少し怯えるように受け入れている少数の人々とも、わたしは同じように論議した。

奇妙なことに、あなたの決心が認められないときに限って、何の躊躇もなくわたしはあなたを助けに飛んできた。わたしは闘い、あなたの権利を擁護した。あなたの魂の力やあなたの勇気にわたしは夢中だった。それから勝利を手に入れた――と、少なくともわたしには思えた。ただ、わたしはぞっとするような疑念にはまり込んでいた。そのとき、この苦悩の源泉で、つまり、その原因であるあなたの方へ、わたしはもう一度あなたを擁護で

* フランスの尊厳死協会のこと（訳注）

きる力を探しに戻ってきた。なぜなら、あなたの確信だけが、わたしの確信を強めてくれたから。

「ママ、あなたは、いまがそのときだって確信できる?」

「ええ、わたしは確信しているわ。わたしにはわかるの。感じるの。わたしだけがそれを感じられるし、知ることができるの。」

あなただけ? あきらかにあなただけ! あなた以外の誰が、例の、耐えがたい限界をじっさいに見極めることができただろうか。あなた自身の意識以外のどんな強い力も、あなたの思考を、あなたの行為を指揮することなどできなかったのだから。あなたの尊厳やあなたの非・尊厳に関する、あなたの内なる信念に、他の誰が異議を差し挟んだり、反対したりする権利をもてたであろうか? あなたの子どもたちなら愛の名においてできるだろうか? いや、だめ、彼らだってだめだ!

かくもやつれ、擦り切れている母親の身体について、今日こんなに疲れ果てている頭脳について、わたしたちは本当に何を知っていたのだろうか? わたしたちはあなたではなかった。まったく単純なことに。両者の融合は終わったのだ。わたしたちは生まれていた。わたしたちは他者だった。愛についていえば、子どもからあなたへの不可能な距離を埋めるための助けなど、何もない。愛を強制し、それを捻じ曲げ、受け入れがたいことを受け入れさせるのでなければ。つまり、そこにあるのは、絶対的な別れ。

多くの捩れや強制を経験した後では、愛の名のもとのわたしの権利や、わたしの近くにまだあなたを置いておきたいという子どもの権利は、愛そのものに反していると感じた。この逆説は出口なしなのか？

あなたは、わたしがかつてそれを経験したことを知っていた。ある不幸が原因で、それに直面していた。まだ若かったわたしは若い妻として、その夫と共に経験しなければならなかった。彼は愛の名において、「融合」の後、わたしから身を離し旅立っていった。

F*もまた、死を予告していた。彼は愛の名において、旅立たせてくれるようわたしに懇願していた……。

「でもそれは同じことじゃなかった！　Fは病人で、瀕死だった！　もう病気に苦しむことが出来なかった。彼に残された数日を、楽に過ごす権利をくれ、と彼はそう懇願したの！」

あなたは答えなかった。でも、あなたの眼は答えていた。そう、そうだわ、それは完全には同じではなくても、少しだけ同じだと思う、と。わたしはあなたの眼が語ることに耳を傾けた。旅立ちのときが来たと、眼は語っていた。それを理解するために、わたしは、目も眩むような同じ行動で、融合と分離を成し遂げなければならないとも語っていた。融

＊　有名な哲学者、フランソワ・シャトレのこと。著者ノエル・シャトレの恩師であり、夫。一九八五年歿。（訳注）

合とは、まさに他人と一つになり、内側からその人を捉えること。分離とは、別々であることを受け入れ、つらい別れ、悲痛、胸の張り裂けるような思いまで無理してでも自分から離すこと。

胸を引き裂く悲しみ。あなたが守りたいと思っている人に向かって、「ええ、あなたはもう死んでいいわよ。」と言うこと。たとえ彼が苦しみ、痛みに蝕まれた肉体がひどく痛んだとしても、もう旅立ちたいと願う愛すべき存在にウイと答えること。胸を引き裂く悲しみ、まだ数日は危険などなく生きられるあなたと、そんな悲しみを体験し直さなければならないのだろうか？　わたしはあなたを守りたかった。何よりも、胸を引き裂く悲しみ、身を切るような悲しみをわたしはひどく怖れていた。最後の激しさもなく、それが行われてしまうなんて想像できなかった。でもそこでもまた、わたしは間違えていた。単にわたしは忘れていたのだ、あなたが助産婦でもあったということを……。

*

十月十六日、水曜日。わたしの誕生日。わたしはそのことをあなたに言わなかった。

誕生日の目覚めは、いつもの日々と違う。誕生日は、いろんな感情で溢れてしまう。幸福であれ不幸であれ、その瞬間の状態に、別の何かが付け加わる。結果は予測できない。時間に対する鋭い意識があり、その意識を通じて、稲妻のように、以前のすべての誕生日の記憶が蘇る。それ以前のすべての誕生日が、唯一無二の思考の中に現れ、混ぜ合わされて、わたしたちを、時々、いや頻繁に、常に、ノスタルジックな気分にする。

誕生日、わたしは目を開けてからずっと、わたしを娘にしてくれたあなたのことを考える。母から娘へ、娘から母への、これから採るべきあらゆる態度のうち、最初の態度について考える。わたしたちの最初の会話のことを考える。

二〇〇二年十月十六日、わたしが眼を開けたとき、死の影がわたしに襲いかかった。眼を開けはしたものの、わたしは、秋の燃え上がるような美しさも、愛する人から送られた百合の純粋な優雅さも見ていなかった。わたしが見ていたのは、ノートに書かれたあなたの名前の黒インクだけだった。わたしは執拗にページを繰っていた。

郵便で一緒に届いた二通の手紙は、二つで一つのようにしか思えなかったのだが、一通はあなたの誕生日カードで、もう一通はわたしの子どもAがわたしに宛てた手紙だった。二通の手紙は、涙を子どもも大西洋の反対側にいながら誕生日を忘れたことがなかった。二通の手紙は、涙を倍化させた。

最初の手紙は、娘に向かって語っていて、二通目の手紙は、母親に向けて語っていたが、両方とも純粋な優しさが同じように溢れていた。娘のわたしの役をおりれば、母親としてのわたしは、すっかり満足を感じていた。

今朝は、二者を和解させるのは不可能だった。あなたがとても執着していた「物事の順序」の中で二者を結びつける紐帯を見つけることも不可能だった。娘がやがて、本当に間もなく母親になる。母親になると、自らを消すことに同意するなど、考えられなかった。

そう考えることは、誕生と死とが解きほぐせないくらい固く結びついているということを受け入れることだった。あなたはそのことをもちろん知っていたし、わたしはと言えば、そのとき、まだまったく理解が及ばなかった。

その日の朝、わたしはあなたの死と同時にわたしの死にも涙しなければならなかった。

その朝の郵便で送られてきた二通の手紙と同時に、あなたの名前のあるノートの一行一行を読まなければならなかった。というのも、各行はその意味を説明してくれていたし、「誕生日」と題されたレッスンの中で、いろんな意味を結びつけていた。

二〇〇二年十月十六日のレッスンは、飛ばすわけにもいかず、かといってそこで立ち往生するわけにもいかなかった。レッスンがなければ、わたしは次のページを理解することはなかっただろう。勉強の途中で、明らかに立ち止まっているだろうし、前に進むことも、途中で戻ることもできないだろう。わたしはいまそう確信している。精神的に脆いのだ。誕生日がなければ、わたしはあなたと再び会えなかったかもしれない。最後まであなたにつきしたがって行かなかったかもしれない。あなたとわたし、わたしたちはかつてそこで出会っていて、わたしは、そうと気づかずに自分自身と出会っていた。わたしの誕生とわたしの死は混ざり合っていたから。ふわふわした初雪の舞う中、年老いたインディアンの女性がそうするみたいに、わたしはあなたをたった一人で旅立たせていたかもしれない。そして、今日、わたしはあなたに話しかけ、かつてあなたのおかげでわたしは一人の女性になったけれど、そうならなかったかもしれない。

時間が減っていくカウント・ダウンの中で、わたしは渦中にいた。分岐点にいた。あるページを別にして、ノートを繰る気持ちになりさえすれば、ノートを開け、閉めることのできるバランスのとれた場所にいた。

誕生日は果てしなく、すべてに関して判断を下すはずのページをなかなか繰れなかった。ノートは開けっ放しになっているか、自然に閉じていた！　わたしはあなたにはすべてを語ったわけではなかった……。

最悪なのは、日中の、わたしの生まれた時刻だった。儀礼的慣習が原因。ずっと前から（いちばん古い記憶がいったいいつまで遡るのか判らないとき、わたしたちは「ずっと」

と口にするのだが、つまり正確には、はるか昔の、ということ）儀礼的な慣習がこの瞬間についてまわった。あなたとわたし、わたしたちがどこにいようと。

わたしの生まれたまさにその瞬間、電話が鳴る。あなたから。あなたは一語も発さない。一言も。あなたは発話しない。いや、幾世紀も続くように思われた異常な沈黙の後、あなたは生まれたばかりの子どもの泣き声を真似した。わたしは、それを聞いて、つまりあなたの声を聞いて笑った。わたしはわたしが生まれるのを聞いていた。なぜなら、一歳を超えると、毎年誕生日に生まれたのは、あなたの声によるわたしだったから……。

こんな着想はどこから来たのだろう？　こんな考えを抱いたのは、母親だからか、あるいは、新生児の泣き声をいっぱい聞いている助産婦だからなのだろうか？

いずれにしろ、毎年毎年、泣き声がなければわたしは本当の意味で生まれていなかったろう。あの泣き声がなければ。変わることなく、倦むことなく、分娩を経験する。母親であるあなたの身体を借りて、無限に反響する、娘であるわたしの泣き声がなければ。

つまり、今年の十月十六日に、どれほど、そして何度、わたしがあなたを待っていたか、ということだ。どれほど、それから何度、わたしの誕生の泣き声を望んだことだろう。その声はこれが最後になることが、わたしにはわかっていたのだ。

定刻に、わたしは電話の近くに座った。電話の置かれているテーブルの周りには花があって、朝からわたしを祝ってくれる友人の数と同じだけ、花は増え続けていた。わたしは準備していた。

わたしは準備していた。しかし、定刻になっても、電話は静かなままだった。

定刻にあなたが電話をかけて寄越さず、わたしの新生児の泣き声を聴かないということは、これまでなかったことだった。

鳴るべき電話は鳴らず、むなしく電話を待ち続けている者たちの頭の中で鳴っているだけ。

十月十七日という日付は、死が宣告された最初の日付。わたしもその日付を忘れたことはなかった。それは病的な目覚しとなってわたしにつきまとっていた。いまは、わたしの頭の中にある、騒々しく雑然とした沈黙に付きまとって離れなかった。わたしを支えるという意味ではまったく無力な、友達のくれた花に囲まれて、わたしは受話器に耳をつけていた。

十月十七日というギロチンの刃のような最初の日付のせいで、わたしはあなたが死んだのだ、と思い込んだ。

舞台の総稽古あるいは衣装合わせ？　あなたは死んでしまった。あなたの死だけが、定刻のあなたの不在を説明することができた。

わたしは寒気を感じた。沈黙から生まれる冷たくなった子ども、押し黙ったままの唇の冷たさ。その唇からは、歓迎の泣き声が聞こえることはもはやないだろう。

それから数分が過ぎ、定刻は遠ざかっていた。わたしはよりリアルな現実へと戻った。ただわたしは平静だった。冷えた身体を温め、不可解で理解不能の、この沈黙を問いただすくらいまで回復していた。

あなたが忘れるなんてできないはずだった。それは不可能だった。特に今日は不可能のはずだった。では、何？　どうしてあなたはわたしを憔悴させるの？　どうして誕生日の約束にあなたはいなかったの？

突然、すべてがわかった。わたしの眼が開いたのだ。

わたしはあなたを想像した。あなたが生きているのが見えた。あなたの家の、電話の傍で、ずっと生き生きしていた。あなたは待っていた。わたしがさほどあなたを待たないことを待っていた。もうわたしが待っていないことを期待していたのだ。さらに、正確に言えば、わたしはもはやこの儀礼的な電話を待たないことを学ぶことを。まさに今年、この最後の年に。なぜなら、あなたはまだそこにいて、わたしにそのことを教え、そこにいるあなたを通じて、存在から不在へとわたしを慣れさせようとしている。

その頃、わたしは物事をちゃんと表現しなかった――今日なら、あなたと一緒に経験してきた多くの他の舞台に照らして、ちゃんと見える――でも、わたしには直観があった。おそらく、あなたは、電話の傍で、わたしが平静になり（もうやったこと）、不可解なことを質問し（これもやったこと）、不在の寒さから自分で体を温めて（これもやったこと）、あまりひどい混乱状態に陥らないことを、心待ちにしていた。あなたにとっても大きすぎる混乱に陥らぬように。

あなたは、互いを叩き潰すほどの過剰な感情から、わたしたち二人を守ってくれた、と思う。あなたから生まれる、子どもの叫びや泣き声が、感動したあなたの喉から発されたものだと、誰が知っているだろうか？　遊びだけれど厳粛な瞬間でもあるそのときを、わたしが笑えるかどうか、いったい誰が知っているのでしょう？　わたしたちは、いちばん初めの姿を、これを最後と思いながら生き直していたのだった。

自制するというあなたの選択は正しかった。泣き声が涙や嗚咽になってしまうのを避けたいという気持ちは立派だった。

定刻を十五分ほど過ぎた頃、あなたが電話をかけてきた。

「ママね！」

「ええ、わたしよ。」

「わたしのことを忘れたんじゃないわよね？」

「あら、あら！　もちろん、あなたのことは忘れてませんよ……でも、正確な時間がちょっと自信なくてね。わかるかしら？」

「ええ、わかるわ。（そう、わたしは、思いやりから出た嘘を理解した。）」

「で、今日の誕生日は？　ずいぶん大事にされたでしょう。」

「よく聞いて、ママ！……わたしは、今日の誕生日がすべての誕生日の中で最高だとは言えない……」

この言葉を口にするうちに、わたしの声はわたしから離れていった。裂け目の方へと、声は出かけてしまったのだと思った。

あなたがわたしを遮った。

「何より、泣かないで！」

それはあの「怖がらないで」に似ていた。極端な強さと優しさを兼ね備えたあなたにしかない同じトーンだった。「泣かないで」は、あなたの口からわたしが聞いたことのあるすべての「泣かないで」に似ていた。

「怖がらないで」同様、「泣かないで」も、娘であり女であるわたしの涙全部に向けられていた。涙は、取るに足らないものもあれば、深刻なものもあった。慰められるものもあれば、慰められないものもあった。しかし、わたしが、動揺しきったあなたの顔に涙に濡れた跡を見つけてびっくりした、あの告白の夜と同じように、再び最も危険で脆い状態にあると思えたのは、わたしよりもむしろあなたのほうだった。わたしは思った。わたしに涙を禁じているけれど、あなたが抑えたいと思っているのは、あなたの涙。強く優しい「泣かないで」は、あなた自身に向けられている、と。

すぐさま、本能的に、わたしは我を取り戻した。わたしの感情や驚愕にできるいちばんのスピードで。それはほんの数秒のことだった。でも、精神的な安定が脅かされていると思った。あなたは弱くなっていた。わたしを支えたあなたの腕が、もし弱ってきたら？

わたしが不安を覚え、防御に入るとき、あなたも、自分を取り戻していた。でも、わたしたちのあのブランコが縦揺れしているのを感じた。そうでしょ？

あのとき、わたしは花のことを話した。わたしの誕生日を祝ってくれた百合や薔薇のこと。それからあなたのカードとAの手紙がどんなふうにして一緒に届いたか、それらは一つにしか見えず、わたしの中では、母親と娘は溝を埋めていることなどを話した。あなたの子どもの子どもであるAが生まれるとき、助産婦だったあなたがそこにいてくれたから、あなたは他のどんな母親よりも自然の秩序に加わっていて、その物事の順序に、わたしは、明らかな象徴を読み取っていた。そしてそれは素晴らしいと思っていた……。

わたしたちが電話を切ったとき、もうわたしは何も覚えていない、陽気な何かがあって、

Aが生まれた恩寵のような瞬間のイメージが戻ってきた。わたしの子どもが生まれることは、わたし自身の誕生と切っても切り離せないこと。それは繰り返しであると同時に延長でもあり、というのも、あなたがそこ、分娩室の中にいたから。わたしのような人間を説得するには、この錬金術の生き証人であり、「サージュ」というフランス語の二重の意味において、賢婦であり、助産婦であるあなたが必要だった。

そのとき、あなたは、自然のなせる業のおかげで、簡単に自分は姿を消せるかもしれないとは言わなかった（人生を祝っているとき、人はこうした事柄を口にしない）。でも、わたしはあなたがそう考えていたと確信している。あなたは、この誕生（必然的に、彼女より前に生まれていた他の子どもたちの誕生も同様に）が、子どもの子どもが生まれるのと同じくらい自然に、あなたが引退するという事実を正当なものにするだろう、と考えていたはずだ。

これほど頻繁にわたしたちには一緒に考える機会があった。――さらに大事な機会もあったが、大抵のときはそうだったが――Aの最初の泣き声が響き渡ったとき、同時にあなたが少し死んだのかもしれないと、少しだけ気づいたことをわたしは否定しない。口には出さなかったけれど。

わたしの誕生を重ね、わたしの泣き声を反響させる泣き声の中で、わたしのために本当に死に始めたのではないのか。

わたしは「現実的に」という意味で「本当に」という語を用いたのだ。それは、わたしがあなたを何度も死なせてきたから！　わたしの子ども時代は、幻覚の中の死でいっぱいだった。あなたを失うのではないかという恐怖に結びついた偶像化。そこからわたしの想像力が汲み取ってきたものだった。

だから電話を切ったとき、わたしは気が楽になった。二重の意味で、試練と試験を乗り越えたあとのように感じた。

あなた抜きの最初の誕生日をあなたのおかげで経験できたとようやくわかった。わたしは涙を流さなかった。

黒い文字であなたの名前の書かれたノートの、ちょうど真ん中のページは、よい方へ向いはじめたのだろうか？　わたしはそう信じた。もうその先のページも目に入っていたから。わたしはもう後ずさりすることもできなければ、前に進むことを拒否することもできなかった。浅瀬を通り過ぎてしまった。拒否や反抗ができる浅瀬を。わたしは頭を下げた。打ち負かされたわけではなかった。あなたがわたしを説き伏せたのだ。わたしが疑ったことのないあなたの力によってではなく、わたしの力によって。わたしは泣かなかった。残りの試練のすべて、その試練の残りなど、さして乗り越えがたいものではない、と、突然、わたしには思えた。

あなたは、わたしを生き延びさせることのできる唯一無二の存在だった。わたしを支えてくれたから。いつも、上手に、未知のものに対して支えてくれたから。

わたしは、叫びもせず泣きもしないで生まれたばかりだった。わたしは生き生きとしていた。

死児は、妄想でしかなかった。恐怖から生まれただけだ。

もちろん、わたしは怖かった。また怖くなるかもしれない、怖くて死ぬほどに。告げられたあなたの死は、わたしの死を意味するはずはなかったし、意味することもできなかった。ノートの真ん中、カウント・ダウンの真ん中で、「誕生日」と題名のついたあなたのレッスンからわたしが学んだのは、そのこと。

今日はもう、時計の振り子が最後を打ったのでノートを閉じた。あなたは次に続く数行を読めばきっとにっこり微笑むだろう……。シンボルの息の根を止めて、わたしは誕生と死の周期的なイメージを逆にしてみたが、そのやり方をきっとあなたは気に入ってくれるだろう。

まだ、向き合う、ポーズの問題が残っている。わたしを納得させ、わたし自身で納得するために、ポーズが有効である。死者たちも、彼らのポーズを持っている。そうでしょ？

これはあなたにもう話したことだけれど、Fのこと。彼が生きているわたしの傍でとった死のポーズや、わたしに付き添う彼のやり方が、どれくらい特殊なものだったか、話したわよね。感じるのよ。頻繁にわたしの後ろに彼が立っているのを感じる。軽くわたしの右肩のほうに身を屈めて、まるでわたしが何をしているか、どんな仕事に夢中になっているのか、覗きたいみたいに。印象は鮮やかで、ときには首筋に彼の息を感じることさえできるくらい。でもその息は、生きていくにはとても細い。ただ快い、とても気持ちいいのよ。彼は注意深く優しいポーズをくずしたことはないのよ。

あなたが旅立って行ったとき、あなたの場所がどうなるか、わたしにはわからない。わたしの近く、いちばん近くにいるために、どんな場所をあなたが選ぶのか、あるいはあなたの眼の届くところにいるのだからわたしがどんな場所をあなたに与えることになるのか、わからない。あの海辺の庭の写真を覚えている？　あの写真でわたしたちは抱き合って、母親と娘という強い繋がりがあったから、少しばかり二人がセットになったようなポーズをかつてわたしは想像したものだった。

わたしはずっとうまくやった。あなたはうまくやった。あなたはわたしの場所を占拠しにやってきた。あなたはわたしの中にとぐろを巻いた。少なくともわたしはそんなふうに非常に身体的な方法を想像している。そしてその方法は、わたしの恐怖と同じくらい身体的であり、あなたが行かないよう、生命体を出ないように、その恐怖を通じてあなたをわたしの中に同化させた。

ちょうど物事を戻すように……今後、あなたを子どもとして抱えるのは、わたし。そうよ。それが、あなたの死のポーズであり、わたしが生のために選んだ態度。これ以上、近くにはいられないでしょ？

自分の発した言葉の奇矯さをちゃんとわたしは理解している。それらの言葉の素朴さも。あなたの娘であるわたしは、あなたがわたしを抱いてくれたように、こんどはあなたを抱いている、そしてあなたを決して失わないという幸福な確信もあるわ。

わたしたちはいつも一つ。決して二人ではなく、最後まで離れることのない融合の中にいるでしょう。わたしがあなたを分娩することは決してないから、あなたは永遠にわたしの中にいる。助産婦なら解ってくれるでしょう……。

＊

あなたは気づいていたかしら？　あなたは手がかりを増やしていた。そこここでうっかり口をついて話にのぼっているいろんな情報をつき合わせてみると、あなたの取る行動の、可能性の高い日付を特定することができた。それは、だいたい、十二月の最初の二週間になりそうだった。

カレンダーに追い立てられる感覚が、またわたしに舞い戻ってきた。手帳を見ることは、万力に締められるようだった。首筋もギリギリと締めつけられるようだった。

死の苦しみのイメージも戻ってきた。初めの頃以上だった。苦しみを緩和するため、苦しみを耐えられるものにするために、わたしはいくつか駆け引きを覚えた。

あなたは、わたしがあなたの死を語る手助けをしてくれた。だからといって、あなたの死が近づいてくるのを凡庸なものにしてしまうのではなかった。なぜなら、わたしはいつもそうなることを拒んでいたから。あなたならば、シンプルで、悲壮感を排した、軽やかなタッチで死に軽く触れることだろう。わたしの魂の周りを生き生きと飛び回っている白衣の看護婦は、起こりつつあることへの最善の準備として苦痛に対するワクチンを接種し、免疫をつくろうとしているようにみえた。

ときどき、あなたの看護の成功が疑わしく思えた。その期日を思い出してはびっくりしていたのがわたしである。すぐにあなたはわたしが開けた割れ目に滑り落ちた。わたしはといえば、その割れ目は他ならぬわたしが開けたのだからと気楽だった。しかしあなたは、更に遠く、共謀の域にまでわたしを連れて行くための承諾としてこの瞬間を利用した。わたしたちはよく一緒に笑った。共謀という意味も含めて。そして笑いが収まると、どうして笑えたのか、もうわからないのだった。

わたしの姪の心理学者Faが話してくれた逸話が、あなたを大いに愉しませたことがあった。わたしはそのときの言葉を覚えている。Faが自分の診療室に小さな男の子を迎え入れたときのこと。男の子の両親は、ひどく心配していた。息子が、死刑について自分の意見を述べ、これみよがしに、死刑の絶対的な必要性を主張するのを目にしたからだった。その年齢にしては残酷であると皆が心配したこの坊やをFaは問診し、最後にわかったことがあった。子どもは涙をうかべて抗議した。「でも、そうでしょ、死の苦痛は必要さ！誰かが死ぬときに苦しみがあるということは普通のことさ！」

フランス語の死刑《ペーヌ・ド・モール》という表現を死の苦痛《ペーヌ》、悲しみという意味に解釈してしまった子どもの才能！

わたしは、刑罰ではなく、死の悲しみを要求しなかっただろうか？

しかしあなたは、自分で言っていたように、罰も悲しみも望んでいなかった。

あなたにとっては、罰は罰ではなく、まったく逆、それは一つの贈物であり、同じ理由から、悲しみがわたしたちに免除されることを願っていた。「あなたがたが悲しみに暮れることをわたしは望んでいないのよ！」。こうしてあなたは、あなたとあなたの子どもたちのために、まるで最後の愛の証のような、自分の意志による旅立ちを望んでいた。

わたしたちがその贈物を望んでいたのかそうではないのかということは、プログラムにないことだった。あなたはそれをわたしたち宛てにした。以上だ。あなたの魂やあなたの意識の中では、贈物は、あなたの母親としての絶大な権力、そうした力がまだあることの最後の証だったのではないか？

母親としてのあなたの最後の贈物を、あなたは壮麗な讃美されるものにしたいと考えていた。あなたにとって、それはあなた自身の死でしかあり得なかった。いまとなっては。

「いま、ですって？　いまが良いなんて、確信があるの？」

「ええそうよ。わたしには確信がある。わたしは知ってる。わたしだけが感じることができるし、知ることができる。それは、いま。後になれば、遅すぎる……」。

「いま」を認めるよう、わたしは強要されていた。贈物の逆説も強引に押しつけられた。「いま」を認めてしまえば、あなたをわたし自身の眼で見ることを諦めなければならなかった。わたしはあなたをあなた自身の眼で見てみようと努力した。わたしの視点というのは、あなたに言わせれば、一般的すぎるし、甘すぎるらしい。わたしの眼は、あなたがあなた自身を見ているようには見たがらなかった。消耗して「がたつき」があり、やがて極限まで行く、もどれないところにいることを、見たがらなかった。

ああ！　がたつき！　それがあなたをもっと苦しめるだろう。もう何年かあれば、その悲しい現実に、あなたはわたしを参加させただろうに。わたしは、それをあなたと分かち持つことをごく普通のことと捉えていた。なぜなら、わたしたちは一緒になって、お互いを変えてきたし、絶えず変わっていく自分たちを見つめてきた。そうしたことは女性の間ではときどきあるけれど、あなたがわたしの母親であり、わたしがあなたの娘だったから、もっとずっと熱心に見つめてきた。消耗の進展、様々な応答……。

何年も前から、消耗があなたを苦しめていた。まったく容赦なく、あなたはその進行を監視した。冷酷な進行の一つひとつの指標を、あなたは頭の中に書き込んでいた。「最近はずいぶん下がってしまったわ」。几帳面にそう言いながら、わたしたち自身が、身体か頭の中の何かが欠けてしまったことの証人となっていた。

そうした小さな裏切りの一つひとつを、あなたはノートにつけていた。徐々に大きくなる心身衰退のリストをきちんと毎日作っていた。細心綿密な看護婦がそれを書きとめ、客観的に、医学的に検査した。

怒ったり、反対のことを唱えたりすることは何の役にも立たなかった。あらゆる反抗がすぐに一掃されたからだ。「さあ、いい？　わたしを安心させようなんて考えないで。わたしはよくわかっているの。退行してるんでしょ！」

人がどう思うかわからないけれど、あなたが自己批判する際の厳しさは、心遣いや快楽の形式に結びついているわけではなかった。それはポーズでもなかった。あなたは、非常に明晰に、身体と精神の能力のどこに自分がいるのかを忖度し、きわめて個人的で秘められたどうしても越えることを拒む限界と照らし合わせながら、絶え間なく小さな段階を踏んでいるはずだった。

尊厳と非・尊厳の間には境界線があった。あなただけがはっきりとその究極の境界を知り、超えるべきではない正確な境界線を意識していた。

こうしたいっさいは、自尊心なのだろうか？「誇り」という語は、あなたが尊厳や非・尊厳から作り出したイメージにうまく合っているようだ。なぜなら、自尊心によくある尊大さや傲慢さがないから。

十年前、すでにあなたは限界に到達し、運命の定めた一線を越えてしまったように思い込んだ。それから諦めて、もっと遠くまで行く権利を手にした。今度は、人生の余剰として、自分の頭と身体を信じることにしたのだ。それは、いつでも中断と取り消しの効く一種の契約だった。

この契約の脅威が、絶え間なく、どこにいてもわたしのあとを追いかけてきた。この契約を、一種の拷問としてあるいは効き目の遅い毒薬として受け入れたこともあった。ときどき、この隠された苦悶、責め苛む不安を理由にあなたを非難した。あなたは深く悲しんでいた。拷問も苦悶も毒薬も望んでなどいなかった……。

何週間か家を空けなければならないとき、わたしたちの間にはある決まりがあった。それはむしろ儀式的な言い回しというべきだったかもしれないが、それがなければ、わたしはきっと出発できなかったろう。ドアのところで、あなたを抱きしめたのち、じっと見つめた。もっと正確に言えば、わたしの眼があなたに問いかけた。眼は、安心したくて……。するとあなたは、わたしの視線に質問を読み取り、わたしを助けるために言う。「心静かにお出かけなさい。いますぐというわけじゃないわ」。

何秒間か、その言葉のおかげで、わたしのような子どもは、再びあなたが不死であると信じることができた。その場から強引に自分を引き離し、階段を駆け下りるために少しばかりそう信じることが必要だった。永遠に有効であるように思えるその約束を、天の恵みのように身につけて……。

でも、今日、それは終わった。猶予期間はもうなかった。痛みの軽減も、恩寵の猶予もなかった。人生の余剰も終わった。なぜなら身体と頭脳が、あなたにこう告げたからだ。契約は打ち切りだ、今度こそ期限が来たのだ、と。

あなたは身体の新しい裏切りの証拠を見せてくれた。彼らの不誠実の結果を、憤慨するでもなく細部に亘って描写した。あたかも目の前で起こるべき事柄が、きわめて順序正しく起こったかのように。

運命論者のあなたは、人間という機械の消耗を、自分の中に観察していた。

「いいこと、わたしはもうそれもできないのよ。見ての通り、まったくうまくいかないの」。あなたが自分で「悲惨事」と呼んでいたことをくどくどと述べ立てるのを聴いて、わたしは動揺していた。腹を立てているのは、わたしのほうだった。老化に敬意を払い、多少純粋主義だが、歳を重ねることの美しさを賞賛するという贅沢を楽しんでしまったのは、わたしだった。後悔にさいなまれて、自分が変わったのを感じた。やせ細ったあなたの腕に抱かれても、かつて海辺の庭の草の上で、バランスよく、わたしを支えてくれた力強さを見い出すことはできなかった。そして曲がった背中も。十一月の風に吹かれた木の下でただ誇り高いシルエットが浮び上がった。

多くの苦労に翻られたママの身体の苦しみ、時間が苛んだ身体の消耗が、わたしを絶望へと導き、あなたの決心と、首筋に感じた刃の冷たさと同じくらい、わたしを苦しめていた。

本物の老い、わたしは目の前にそれを見て憎むべきものと捉えていた。あなたに断念させ、契約を打ち切るよう強要したのは、老いであり、その災厄だ。老いは、「いま」を本当にいまにしてしまったのだ。

そのとき、わたしたちは、あなたにしか見えない境界線上にいた。そこであなたは歩みを止めなければならず、あなたの生命という鞄、充実した人生の詰まった立派な鞄を置くつもりだった。あなたは満足と感謝の念さえ感じていた。

そう、まさにいまがそうだった。消耗と脆弱のせいだった。あなたはそれを超えていこうとは思っていなかった。尊厳の名においてばかりではなく、遅すぎることに対する恐怖もあった。あなたは、「遅すぎる」ことを死よりも怖れていた。

「後で、では遅すぎるの…」。あなたの名前の書かれたノートの、このページを、わたしは何度も読み返した。

わたしはこの部分を暗記して、心で何度も暗誦した。

理論整然とした命令ででもあるように、繰り返すことによって、あなたの決心の本当の動機とその緊急性を本当に理解した。

最後まで行き着くためには多くのエネルギーを集めなければならない。もしエネルギーがなくなったり、境界線に到達するのがあまりに遅かったりすれば、あなたはもはや、身体的な意味でも心理的な意味でも、それを成し遂げるだけの力がなくなるということなのか？　だからこそ、あなたは、自分の身体の「現状報告書」や、能力を絶えずチェックすることにこだわった。疲労のほうがあなたを制圧し、あらかじめ負けの決まった、時間に対する闘いに疲労が勝ってしまうことがあろうとも、あなたは、貴重な力を保存し、自然の冷酷な侵食から力を守らなければならなかった。そして最後の瞬間には、その力があなたを見捨てず、裏切らないだろう、と確信しなければならなかった。だからこそ、あなたは、きちんと、堂々と、そして一人で、塀を乗り越えるために、あなたの全存在をかけた究極のジャンプを目論むことができたのだ。

結局、小学生の勉強机に座っていた時代からあなたの話を聴き、わたしが気づいたのは、「遅すぎる」ことの危険が、おそらくあなたを、あまりに早く、ずっと前の段階で、旅立つよう促していて、それはあなたの力がどれくらい残っているのかという計算とも関わっているということだった。

でもわたしたちにとって早すぎる。できるかぎりあなたの近くにいるにもかかわらず、わたしたちはあなたと同じように感じることができなかった。あなたの内側にあるエネルギーとその不安定な感じも、わたしたちには感じられなかった。

それでもやはり早すぎるのだ。なぜなら、子どもにとって、自分たちの命を産んでくれた母親の死はつねに早すぎるものだから。

しかし「遅すぎる」ことは、あなたの眼からみて、もっとずっと人を脅かすような危険を描き出していた。諸々の危険の中でも最悪のもの、あなたのストイックな精神が同意した幾多の痛み以上の、もっとも恐るべき敵。それには依存という名前がついていた。

自由な女性であるあなたにとって、自立は生きる原理や存在理由だった。いやかつてよりもいまがまさにそうだった。だから、年齢の拘束や、あなた自身の存在を疎外する様々な束縛は、我慢できないものなのだ、とあなたはわたしに説明してくれた。もしそれが、あなた以外の他人に足枷をはめるものであったとしたら。

「わかっているでしょう？　わたしはとくにあなたがたの重荷にはなりたくないの。」

この考えに触れると、あなたは感極まって涙を流した。あなたの感動にわたしの感動を加えることを、わたしは自分に許した。感動は禁止されていなかったから……。わたしは、あなたが聞きたいと思っていない、あなたの疲労の色を濃くするような反対する議論をあなたに仕向けることを諦めていた。

わたしたちの自由、わたしたちの自立は、あなたの自由や自立と同じくらいあなたにとって大切なものだった。「解放」について語りながら、貴重な幸福や「最期のいま」について考えるのと同じく、あなたは自由や自立について考えていた。あなたにとって、その「解放」という語は、ああ、なんと具体的で、陽気に響いたことでしょう！　解放はみなに共有されなければならなかった。あなたの解放は、わたしたちのものでもあったろう。それは贈物だった。森の奥深くで、年取ったインディアンの恰好をしたあなたは、何の後悔もなく旅立つことを望み、わたしたちはただ待っていた。初めて降るふわふわの雪が、もうわたしたちのテント*にも落ちてきていた……。

*

雪が舞いはじめる前に、たたきつける雨と風。十一月だった。

十一月には、すでにあなたは少しだけ旅立っていた。完全に旅立つ前に……。大風に吹かれて、あなたは一つの行動を決意した。その行動の、象徴的な影響力を、わたしたちみんなが感じた。

電話でのあなたの声は、落ち着き、決然としていた。

「決めましたよ。車を手放すことにするわ。これが最後。もう決して運転はしません。」

この言葉を聞いて、わたしはぞっとした。あなたの死が告げられ、刃に切り裂かれたときに感じた冷たさを思い起こさせた。茫然自失。無駄な抵抗をこころみた。

* 北米インディアンの使う、円錐形の小型テント。

「それがいい考えだと思っているの？　車は、ママにとってとても大切なものでしょ！　だから……それまで（わたしは躊躇した）、最後まで車を手放しちゃダメよ。」

「そうね。車は大切だわ。でも、決めたの。終わり……以上です。」

「以上です。」……。この短い言葉。わたしはその言葉を何度も耳にしたから、あなたの人格と切り離せない言葉に思える。あなたのまっすぐなところ、あなたの毅然としたところに似ていた。あなたが「以上です」と言うとき、付け加えることは絶対に何もなかった。判決やそれだけで十分な変更の余地のない命令である。その言葉で、あなたは責任全体を引き受け、熟慮の末にこの言葉が出たのだと人は感じた。

わたしたちに共通の歴史には数多くの「以上です」という言葉があり、使われるたび、わたしはいつも頭を下げた。弱さから？　いいえ。怖いから？　いいえ。敬意から？　少しだけそう。良識から？　そう。あなたを信頼させるのは、その良識だ。あなたに関わりのある様々な現実に関して、あなたが抱いている感情を、信用させる。わたしがこうしているのも、この信頼が導いたから……。

あなたの車は、あなたの共犯者で、同伴者、血を分けた姉妹だ。心底あなたのことを知っている人たちは、わたしが何を言っているのかわかっている。あなたと車は、同一である。わたしが言えるのは同価値があるということ。車以上にあなたに似ているものを想像するのは難しい。車も、最後の最後まで、道徳的かつ情緒的な同じやり方で使い古されて行く。

あなたと車は一緒になって、いろんな苦難や喜びを乗り越えてきた。厄介な小道では一緒にがたつき、でも人生の素晴らしさに感謝した。あなたの気まぐれに付き合ってくれる車のおかげで、あなたはいろんな場所を回ることができた。この年老いた友達は、危険な状態にある出産に立ち会うべくブルターニュのいちばん奥まであなたを届けるために、あるいは、国中がフォアグラとクリスマス・ケーキに夢中になっているときに、シュマン・デ・ダムにある忘れられた兵士たちの、虫に食われた十字架に頭をさげにいくために、近道を抜け、いちばん重要だと思えるコースをよく辿ってくれた。もう何十年も子どもが生まれる現場に立ち会ってきた女性が、一晩中続いた出産からの帰り道、パリで、まさに明けようとする朝の、貴重な一瞬を、車を運転して過ごしたのだ。

車が与えてくれる自由や自立の感覚を、あなたは減速したり美化したりした。それは儀式になった。あなたは、車から、自分なりの解放や抵抗のイメージを作り上げたのだ。

運転すること、つまり行動することは、強く、勇敢であることと同じである。

あなたは力がなくなると、ますます守られた場所に逃げ込んだ。あなた自身が、自分の家より快適であると認めるその避難所へ。ハンドルを握っていればあなたはまだ自分自身の主人であり、何ものもあなたを止めることができなかったから。あなたは脅かされている自分の尊厳に何かを見出していた。だから肉体の衰退は耐えられるものになっていった。肉体は何も言わなかった。あなたの車は、年齢のない肉体の、第二の家だった。

それから、この二番目の家で、あなたは人と会っていた。もっぱらあなた一人ではなかった。ある男があなたに合流した。旅は、彼と一緒だった。彼と一緒に、あなたは昔通った道を辿りフランス中を縦横に走った。彼と一緒に、あなたは世界を踏破し、昔からの友達を訪ねた（ここがいいと思う場所で、邪魔することなく眠るために、小脇には寝袋を抱えて）。彼はあなたの夫、つまりあなたの愛……。

「わたしがあなたのお父さんといちばん一緒にいるのは、車の中。興味深い話でしょ？」

「彼に話をするの？」

「ええ、もちろん。彼はわたしの傍に座っている。昔みたいに。わたしたちは話をするの。昔みたいに。」

わたしは微笑んだ。自分が愛した死者たちを連れているのだとわかった。いつまでもわたしたちの周りにいる、彼らの、慣れ親しんだ恰好が、眼に見えるようだった。Fの甘い吐息がわたしの首筋に……。

ずいぶん場所を占領したのではないかと思える父親が、いつも、あなたの第二の家、あなたが主人であり、年齢がカウントされることもない家にいて、勝手に運転させていると考えるだけで愉しかった。

それなのに、何？　あなたはこれらすべてを諦めたいって言うの？　でも、どうして？いま、どうして？

そのときあなたがわたしにした説明は、疑わしいものに思えた。視力が下がった。反射神経が信頼できなくなった。危ない人間の仲間入りをした。事故を起こす危険を冒したくない……。こうした理由のどれ一つとして、わたしを説得するものではなかった。

わたしにとっての真実は、この決定が、必然的にあなたの最終的な行為を象徴するものだ、ということだった。切断や断念の行為は、十分に最後を予告するものであった。わたしは「断念」と言っているが、それは、あなたがわたしにしてくれた物語が、あなたが包み隠そうとはしなかった感動に満ちていたからだ。

わたしはそのシーンを想像した……。

車が止まり、ライトが消された。長い時間。

フロントガラスには雨音が。外では、暖を取りに行こうとする人と帰宅する人がごった返していた。

誰も彼女を見なかった。とても年を取った女性。物思いに耽って、一言も口を開かない。

手はハンドルに置いたままで、ゆっくりと撫でている。あなたは一緒にはめをはずしてきた友人に最後の別れを告げる。長い時間、あなたはそこにいた。これまでよりずっと生き生きとして。

時計の振り子の音。ここまでの旅行すべてを振り返る時間。その最後まで歴史を辿り直す時間。きっと最後のランデヴーのためにやってきた永遠のフィアンセに語りかける時間。そう、いま車は遠くにある。自由を謳歌した姉妹だった彼女があなたを待っておとなしく窓の下にいることはもうなかった。あなたはもう彼女を必要としていなかった。今後、もう出かけることもなかった。外の世界、街に繰り出すこともなかった。自分で繋がりを断ち、車が、買った場所にしっかり戻されるのを望んでいた。海岸の近く。他の場所ではダメだった。うまくいった。車は、今日、そこにいる（そこですれ違ったと思う）。あなたは、彼女に自由を贈った。あなたは自由に立ち去ってから……。

この同じ激しい雨風の中、あなたの望みどおり、車を運んでいく役目を引き受けることになった女性には、勇気が必要だった。

普通の市民のあなたの友達、つまり車は海に送られた……。

車は死出の旅に出たわけではない。車はその他大勢の中の一人のようだった。

関係が切れ、車が持っていかれると、あなたは自分に不動の刑を宣した。あなたが選んだのは自覚的な隠遁の形だった。いま、距離を置いて、隠遁したいという本質的な願望は、たぶん、未だ答えのない「どうしていま？」に対する説明なのかもしれない。自分自身に戻る瞬間が、おそらくやってきたのだ……。

「以上です」と、あなたが言ったからといって、わたしたちがそれで満足するわけではない。でも、このシンボリックな行為は、わたしたち子どもたちにとってはやはり運命づけられていたのだろうか？

「それでは、十月十七日にしましょう」、「もう決して運転はしません」……。この二つの文章は、冷たく身を切るような同じ効果を及ぼした。

わたしにとってそれらの文章は同じことを語っていた。同じように響いた。

「さあ、子どもたち。準備しなさい。本気よ。本当よ。わたしが準備万端だって、わかるわよね。証拠？　車よ。わたしの車と言えば、もう一人のわたし。わたしはそれを諦めたの。さあ、子どもたち。あなたたちも準備なさい！」

わたしは準備していたのか？　言えない。

何週間か前に初めて聞いたあの最初の文章と、やはり取り返しのつかない今度の文章との間で、わたしは変わった。そう、違う人間になった。以上……。

車をもう一度見る機会があった。何ヶ月か後、あなたに捧げられたドキュメント*で、車

＊『進み続ける女性』というタイトルの映画、アテネ劇場での上映。2003年3月15日。

をもう一度見たのだ。

もういなくなってしまったあなたを賛美しに来た人たちと映画を観るということは、究極だが、甘美な瞬間だった。あなたは旅立ってしまい、それはわたしの知っている映画とは別ものの ようだった。本当に隅々まで、カットを覚えていたし、少しばかり協力したのに。

そして、結末。あなたは覚えているかしら？　映画の終わりを覚えている？　わたしたちは、あなたの車の中に二人きりでいた。あなたの愛したこのパリで、車を運転している。あなたはハンドルを握り、わたしは助手席にいる。わたしたちは映画に撮影されていたけれど、カメラのこともマイクのことも忘れていた。演技なんかしていない。愉しく、嬉しがって、二人が溶け合うようにして、母と娘はいつまでも喋っている。

それから最後の映像になった。それは再発進しようとする車の映像――わたしを飛び上がらせたのは、映画の最後のあなたの台詞だった。「でも、わたしは終わらない、わたしは！」――それから車はわたしたちを乗せたまま、ずっとまっすぐに進んで遠ざかっていった。まるで、決して停まってはならないかのように。

あなたがわたしを連れて行く？　何処へ？　いずれにしろ、あなたはわたしを連れて行く……。

地平線へと出かけていくわたしたち二人の映像の中で、あなたはハンドルを握っていて（いわば、わたしを運び出したよう）、わたしは信頼し切ってあなたの傍にいるのだけれど、この映像がわたしの眼を開かせてくれた。

前兆のような映像。死出の旅。わたしたちが愉しそうに、陽気に喋りながら、あなたの死の方へ旅立つのを見た……。

いや、実際にはあなたはそのとき終わらなかった。あなたには死ぬ前にやるべきことがいっぱいあった。そしてわたしには学ぶべきことがいっぱいあった……。

*

あなたは、わたしが準備していると思っていた。わたしが準備していたかどうか、わたしにはわからない。でもあなたは、わたしが準備していると思っていた。わたしが準備していたかどうかわからないと言うとき、わたしは本当のことを言っている。なぜなら、感覚は変わりやすいものだし、抑えられないものだから。

ときどき、他の人よりも、わたしは準備ができている、と思うことがあった。特に夜は、かつてなかったほどひどく動揺して飛び起きて眼を覚ますことがあった。わたしはあなたには夜のことを話さなかった。あなたにすべてを話したわけではなかった。

ときどき夜になると、声に出してしまうことがあった。わたしを起こすのはわたしの声だった。「彼女はまだそこにいるわ！」と声が叫んでいた。あなたがまだ生きていると考えて、すぐにわたしの気持ちは鎮まった。眠っているあなたを想像する。疲れて、とても疲れてはいるが、まだわたしのことに気を配ることができるあなたを想像する。わたしには母がいた。わたしには母がいたのだ。彼女の永遠の、尽きることのない現前性は、まるで生きているみたいで、保護者然としていた。わたしは、巣を作ってもらってちぢこまって再び眠った。

かつて、わたしを眠りから引き剥がしたのは、わたしの涙だった。昼の間じゅうずっと続いた苦悩からは解放された。声がこう叫んでいた。「ノン！　ノン！」。カウント・ダウンに対するノン。時間が減っていくことに対するノン。そして鋭く尖った刃の幻影が戻ってきた。いちばん最初の頃の、刃。

しかし、わたしにも驚きだったのは、解放のイメージが次第にわたしのところへ来るようになったことだった。「彼女があなたに作ってくれたプレゼントのことを考えよ（と、声はわたしに囁いた）。愛すべきあの身体や頭が壊れていくのを、あなたはこれ以上見ることはないだろう。身体や頭の、緩慢だが残酷な死に、胸を引き裂かれるような光景を、あなたはもう看取ることはないだろう。あなたは、自分の尊厳をあれほど求めている存在にとって、強制された衰弱にどうしてもついて回る苦しみの、無力な証言者になることはもうないだろう。プレゼント、プレゼントについて考えよ。自分で終わりを選び取り、自らの目で死を直視することができた女性の、高貴なイメージを、あなたのお母さんのために守り通すのだ」。わたしはあなたに激しく感謝した。それからぼんやりとした麻痺状態に沈んでいった。こんなふうに毎晩聞こえてきたすべての声が、わたしの眠りを奪い合っていた……。

あなたはわたしの準備ができたと考えていた。あなたの信頼があったのでわたしは頑張っていた、あの日も。あなたの信頼が――是非はともかく――残されている四、五週間に、とにかく立ち向かえるように、わたしを支えてくれることを期待していた。

あなたから寄せられる信頼は、わたしにとっては甲板の欄干であり、非常時の手すりだった。あなたはそれほど死に向かってまっすぐに歩いていた……。わたしはあなたに従っていくしかなかった。でしょ？

激しい恐怖やあとずさりすることなど、もはや問題外だった。まっすぐに前に進まなければならなかった。あなたの歩調で進むためには、あなたしか当てにできなかった。

「ちゃんとわたしを支えてる？」

「もちろん、支えているわよ……。さあ、行きなさい。怖れないで！」

海岸沿いの庭で、はるか昔の声……。前と同じようにわたしの巻き毛の上で、あなたの吐息を感じる。声はわたしを励ましていた。いつもあなたの声ははっきりと響いてきた。明晰なあなたの声は、わたしの落ち着かない夜に、耳障りな声どもを蹴散らしてくれた。昼間の声、わたしはそれにすがるような思いだった……。

わたしの進歩に付き合ったあなたにしてみれば、いま、わたしたちが、わたしの見習い期間のうちでも違った段階に来ていることを認めなければならなかった。というのは、あなたが素晴らしい職人として、わたしに教え込む見習い期間がきたから。死に関する、あなたの死に関する仕事のことだ。あなたは最高の彫金師だった。わたしは覚束ない見習いだった。

「仕事」……あなた自身が、諸々の準備のことをこう呼んでいた。「わたしにはまだいっぱい仕事が残っている」、あるいは「また仕事に取り掛からなきゃ」と言い、あなたの死を見越したうえで、整理することや必要な整頓を指示した。

あなたにとってある言葉は二重の意味を有していた。たとえばこの世からの脱出という意味を、子どもがこの世へ出生する出産という仕事に必然的に結びつけていた。また仕事という語は、そのすべての意味を解放のイメージに託しているので、「仕事」が解放の最高の理由であり力だった。

この逆説を、わたしは見逃さなかった。「生を与える助けをする助産婦が、（自分に）死をも与えることができるなんて、ママ、奇妙なことじゃない？」というと、あなたは、死と生とは解きほぐせないくらい絡まりあっていて、自然というものの中で同じ秩序（序列においても指揮権発動においても）に属しているので、生と死を一緒にして学ぶことは可能であり、むしろそうであるべきだ、と返答した。

わたしは考えた。あなたは、生まれようとする命をこんなにも多く助けてきたのだから、解放、特にあなたの解放に適した瞬間を決定するためには、最高のポジションにいたんじゃないかしら？　ええ、たぶんそう。でも、あなたの行為を正当化しようとしていたのは、自然の名においてだった。だから、あなたの生命に容赦のない期日を課して、ある種のやり方で命を無理やりねじ伏せていることに、驚いた。同じく、医療があまりでしゃばらない出産、つまりより自然な誕生を求めて闘っていた助産婦が、非常に不自然なやり方で自分の生を中断してしまうことにも驚いていた。「確かに……」と、あなたは悲しそうに返事をした。締めつけられたような声があまりにひどかったので、わたしは自分の質問を後悔した。「もちろんよ、おまえ。ご覧のように、わたし自身、他の形で死にたいと思ってたのよ……もう旅立ってしまったらよかった……。わたしにはそのチャンスはなくて……いまはこれ以外の選択はなかったの……」。

自分の評価で、人間として失墜したくないというなら、他の選択などない。あなたが言うような尊厳についての私的な境界線、その限界が越境される恐れがあるというのなら、もう、他の選択などない。

その選択が無理を強いるのは、まず、あなたに対してだろうとわたしはその日すでに感じ取っていた。その選択が必要とする勇気は自然に反していた、とりわけあらゆる暴力に反対するあなたの本性に反していた。あなたが望んだ解放は、あなたにとってもわたしたちにとっても高価だったが、あなたの誇りに見合った値段だった。あなたの母親としての愛に見合った値段……。

だから、馴らし期間は、新しい展開に入った。

そのときわたしは、わたしたちの共犯関係に気づいていなかったし、カウント・ダウンやあなたの行為の達成に、共犯関係が果たす特別な役割を想像するなんて、とてもできなかった……。

わたしはいま、言葉に置き換えなければならない。計画された死の達成という、かなり特異な人生の瞬間と、あなたとわたしが個人的に共有したものを。ありがたいことに、それはあなたのおかげだ。そして、理解があった人々のおかげでもあり、さらにまた、普通ではないあの行為を理解しなかった人々のおかげでもある。

わたし自身の抵抗を説明するために、少しずつ解きほぐしてみる。もっぱらわたしの主観だけの解釈だが、それを可能にした論理、按配、そしてあなたの決定。

わたしは、馴らし期間の大いなる転換点に到達した。黒い文字であなたの名前の書かれたノートのいちばん不可解なページに達したのだ。最も陰気なページ？　もちろん、いちばん、陰気ではある。なぜって、間近にせまっていたから、とても間近だったから……。でも、光り輝いていた。あなたとわたしの力で、わたしを照らし、明るみへと引っ張り出してくれた。そのページは、どのようにして死ぬかという問題について、だった。

光り輝いていたのは、わたしの恐怖の中でも最も暗いところ、あなたの喪のいちばん暗いところに、恐怖や喪を祓い清めてくれる光が、わたしのために現れたからだった。

いま、わたしが余すところのない物語を綴っているのは、あなたに対してであり、わたしはすべてをあなたに語ったわけではなかった、わたしがそうしているのは、あなたのためでもある。

あなたは憶えている……。

あなたがわたしたちの元を去るほんの数日前、あなたの死に関する非常に平凡なディティールをめぐってわたしたちは馬鹿みたいに笑い転げたことがあった。あれは、そう、「ナイト・ドレスの日」だったはず。ナイト・ドレスを思い出して、ママ……。

あの日、わたしたちを泣かすべきだった何かについて、一緒になって笑い、そのたびに同じ状態になるのだが、再びシリアスな調子に戻ったわたしは、あなたにこう言った。

「いましていることって、とても信じられないことだわ。わたしにさせようとしていることは、とても信じられないことよ。この道……あなたがわたしに辿らせようとしている道は……」

「ええ、本当にそう。」と、物思いに耽ったようすであなたは答えた。

「それを語らなくちゃならないのよ！　わたし以外の誰かにも……。わたしはそれを書いてみたい。そう、思う……」。

あなたは助産婦になった。物事が生成する最良の瞬間を知っている人。

「おまえ、それが大切なことだと思っている？　それが役に立つかもしれない、と思っているのかしら？」

「ええ、そう思ってるわ。ママの闘いにとって重要だと思う。おそらく、別の仕方で死を見つめるようになるために、役立つと思う……。」

「じゃ、そうね、語って。そう、それを書くのよ。信頼してるから……」

この本、あなたの死の本は、すべてのわたしの本の中でも、あなたが鉛筆で気になるところや個人的な考えを原稿に書き込みながら読むことのない初めての本になるだろう。あなたの注記の適切さや真実に、わたしはいつも唖然とさせられたものだけれど。でもこの本は、ある種のやり方で、わたしたちが一緒になって考え出すことになる、最も共犯的な本である。

わたしは信頼を得て書いている――信頼は笑いが涙を遠ざけたとき、あなたがわたしによろこんで与えたもの――わたしも、正直に書いている。

最後の数週間を、数日を、一瞬を言葉に置き換えること。カウント・ダウンの最後、時間が引き算される最後まで行くこと。ノートのページを捲るのはあなた抜き。でも、やはりわたしはあなたとともにいる。あなたのお腹から生まれた娘の、そのお腹の近くで、あなたの死の姿勢は生のためにわたしが選んだ姿勢……。

旅への誘い。あらゆる旅と同じように、いやこの旅の場合はより一層、旅の誘いは、準備や片付け、荷物、注意書き、そして最後の別れの言葉を意味していた。あなたの生命の柱時計の振り子が打ち始めたとき、こうしたことすべての方へあなたはわたしを誘った。

わたしには、誘いに答える義務はなかった。あなたは、わたしが誘いを断るとわかっていただろう。わたしは自由のままでいた。全部読み終わりもしないのに、いちばんの難所がこれから来ることを知って、あるいは準備ができているのかどうかわからないという口実から、途中でやめたり、ノートを閉じてしまうのを認めそうになかったのは、むしろわたしである。一方であなたは、準備ができていた。わたしはその明らかな事実に頼り、わたしの船上の欄干、非常時の手すりつまりあなたしか見ていなかった。わたしは導かれるがままだったのだ。

あなたがたった一人になり、あなたの眼で死を見つめるために、自分自身と向き合って生きる生活をしなければならない瞬間まで、あなたは一度ならずわたしを見捨てないでくれた。

まだできていない本に対してあなたの同意や信頼を手に入れたことが、大いにわたしを支えてくれた。わたしはこの同意を一つの約束にした。もはや、最後の試練まであなたを追い続けるという誓いから逃れることなどできなかった。こうなるために、わたしはあなたの承諾を望んだのだろうか？　それはあり得ないことではない。同様に、物を書くという考えがわたしにとってどれくらい救いになり得るのかを知ったうえで、あなたがわたしに承諾をくれたということもあり得る……。

あなたは、わたしの人生と言葉との強い結びつきをよく知っていた。いつもあなたは関心を向けてくれた、誰がわかるだろう？――なぜなら、文章には、分娩や出産のくだりもあったから……。

それで思い出したが、『短い梯子』が出版されてから数年して――さほど昔ではない、二年ほど前か、小説のヒントとなったローの家まであなたがこっそりと旅をしてきたことに、わたしはどんなに感動したかしれない。あなたは、書き言葉の謎、つまり、現実からフィクションへの驚くべき移行に近づいて、真実の裡に謎を捉えたいと思っていた。あたかも、着想の瞬間が、あなたの娘について書物そのものよりも多くのことを教えてくれるはずだとでもいうように。

あなたは、わたしの本を手に持って、以前あなたが見て回った家を開けてもらった。そして、わたしの最も秘めた部分、当時のわたしの苦悩に満ちた心に通じるところがあったと、あなたは言っていた。それは、喪の苦悩であり、夫の喪の苦しみをも、わたしたちは試練として分け合った。

言葉による日常生活からの脱出、言葉が生まれた秘めた苦悩の現場から、つまり内側から言葉を眺める二人のやり方は、わたしたちをいつまでも結びつけ、たぶんいま書いているこの物語を説き明してくれる……。

言葉にすること……。あなたの少しずつ進んでいる衰弱を綿密に示し、細部まで描写してみる。どれほど素晴らしいやり方で、あなたがそれを儀礼化したか！「語りなさい。そうよ、それを書くのよ」と、物事の生成を知り尽くしている女性が言った。

そこにあった超越論的なものを、そう、それだわ、その「超越論的」という言葉がいちばん当たっている。それを捉えるにはこのような振付の中で踊り狂う記号を描写するだけで充分だろうか？　わたしはそうであることを望んでいるが……。こうした所作を通じて、あなたの意思決定の力だけではなく、本質的な願望が発見されればいい。また、残酷なところはないのだから、要するに、人がそれを認めてくれて、さらに行為の美しさに敬意を表してくれることを、わたしは望んでいる。

＊

あなたの論理――ある者たちはそこに死を思わせる何かを嗅ぎ取るかもしれないが――の中で、演出に貢献することになるのは、意味をになったモノたちである。実際の演出は、ずいぶん前に始まっていた。ずいぶん前の段階で、あなたは、子どもだったわたしにその環境を与えていた……。

「娘たちの部屋」と呼ばれていた部屋にはタンスがあって、その下の引き出しは鍵がかかっていた。わたしはその前に座っていた。謎に向き合っていた。あなたはわたしを驚かすことになる。

「そこで何をしているの？」

「何も……。鍵のかかったこの引き出しには何が入っているの？」

「手紙とか、モノとか、わたしが管理している物。」

「見せてちょうだい？　とにかく見たいから！」

あなたは微笑んだ。ちょうど、わたしに見えるように、引き出しを開けてくれる。実際、手紙と幾つかの紐で縛った包みが入っていて、包みの一つには言葉が書いてある。あなたの綺麗な斜体文字。

それは、大切な思い出の品であり、あなた自身の幼年期の、生い立ちの名残なのだ、と説明してくれる。その品々をとても大切にしていて、後のため、わたしたち子どものために保存してくれている。

「後のため？」

「ええ、後のためよ。わたしが旅立ったとき……」

「その前ではなく？」

「ええ、前じゃないわ。」

あなたは、継承とか、そこにあるモノのシンボリックな重要性などについて説明する。モノは、人の手から手に渡されながらどうやって生き続けているか、モノのせいで、旅立つ人々はまだそこに留まることができるのだ、というふうに、わたしに説明する。そこに留まる人々も、モノがあるために、忘れないでいることができるのだ、と。

わたしはこのシーンを覚えている。その日は、三十年代の重厚な雰囲気のあるペンダントがわたしの手許に戻ってくることをあなたが約束してくれた日だったから。ずっと前からあなたの首にかかっているそのペンダントは素敵だったけれど、でもそれをねだるのは罪のような気がしていた。わたしはそのペンダントが気に入ってしまったが、あなたは外出するときはいつもそのペンダントをつけていた。

「もし後になってそのペンダントを身につけたら、わたしは不幸になるでしょうね！」

「そんなことないわ。逆に幸福になるわよ。いまにわかるわ！」

わたしにはわかった。わたしは、そう、それを身につけて幸せ。でも、とても変だったのは、あなたが「後で」という言葉を外したことだった。わたしは子どもの頃の本質的なこの会話、つまり、わたしの好奇心が引き起こした死に関する初期のレッスンの一つに、そのことを結びつけないではいられない。

九年前、わたしの五十歳の誕生日に、あなたはやってきた。わたしたちの家でお祝いが催されることになっていた。みんなよりずいぶん早くて、まだ準備の最中だった。

「わたしが最初にやってきたのは当然です。わたしは招待客じゃないもの！　わたしはあなたの母親で、だからといっては何だけど、すべてに関係があると思います。違う？」

と、あなたは冗談交じりに言った。

あなたはしばらく腰をおろして、息をととのえた（八十四歳というあなたの年齢が、重かったのだ）。そして、鞄から紐で縛った小さな包みを取り出した。ペンダントだった。

わたしはこう考えた。母親から最高のプレゼントを受け取る。でも、それは最悪だった。わたしは、開けた引き出しの前に座っているわたしたちを思い出した。まるでパンドラの箱の前に座っているようだった。

「後で？」

「ええ、後で。わたしが旅立つときに……」

「その前じゃなくて？」

「ええ、前じゃないわ。」

幸せと疑念の混じるはずのない混合。わたしはそれを解きほぐすことができずにいた。

二つの感情は、言葉を見つけることができないほど、極端だったから。発音できない言葉。わたしはあなたをじっと見た。ドアの敷居で、長い時間をかけてわたしが遠ざかっていくときのように。疑い深いわたしの眼は、あなたに問い掛けていた。あなたは理解した。

「そうじゃないの。さあ、冷静に……」

あなたは、いつもの口癖の文章を最後まで言えなかった。必要なかった。

それは「いまのため」ではなかった。わたしのような子どもは、そんな特別の日なら、あなたが不死なのだと、また新しく信じることができた。あなたはそこにいた。わたしの前に。そしてわたしにはペンダントがあった。それはやりすぎだった。確かに……。

「やりすぎよ、ママ……。わたしは欲しくない……。身につけることなんてできない……」

いいえ。前じゃない。あなたが旅立ってしまう前じゃない。わたしは教えを記憶に留めた。あなたが現実には生きていて、同時に、象徴的には死んでいるということはあり得なかった。でしょう？　宝石はあなたのものだった。あなたはわたしの誕生日を祝いに来てくれたのだから。でも、この宝石を断ることはもはや不可能であるばかりか、その最高の価値は、わたしにそれをくれたのが他ならぬあなた自身だったという事実にあることをわたしはわかっていた。あなたがそのことにこだわっているのがわかった。わたしの五十歳の祝いのための並外れたプレゼントについて、おそらく幾度も幾度も考えては考え直した挙句の行動だった。

様々な贈物を最後まで体験した今日になってみると、わたしは別の仕方で、あの「贈与」の意味を解釈できる。でも、ちょうどそのとき、わたしはお互いが満足できる妥協点を見つけ出していた。たとえあなたがわたしをいたずらっ子扱いしようとも……。

「わかったわ。ペンダントはこれからわたしのものよ。でも、ママに貸すわ。めいめいが自分の番になったら身につけることにしましょう、ＯＫ？　こんどはママの番！」とわたしは提案した。

「後に」なって、わたしがペンダントをもう一回手にするまでに起こったことは、これで全部（あなたにペンダントを渡したのがほぼ最後。というのは、もちろん、わたしは決してあなたにそれを要求しなかったから。わたしの順番は二度と訪れなかった。あなたが騙され易いというわけではないにしても、すべて承知のうえでわたしはペンダントをあなたに渡したのだったし、その後、わたしたちはそのことをよく冗談交じりに話したものだ）。ペンダントにはわたしの名前が書いてあった。あなたの斜体の綺麗な文字だった。

さあ、こんどはあなたの順番よ。永遠にあなたの順番……。あなたはわたしの名前を書いたきながら、そんなことを考えたのだろうか？　きっとそうだと思う。

あなたからわたしへと手渡す行為や、最初の遺品だったペンダントは、最後の数週間で、モノを通してあなたがやり遂げた他のすべての行為を予見させた。

それはまさに振付であり、仕組まれた方法だったが、その方法を使ってあなたは生前の分与を配分し、見積りを行った。「後に」与えられることが決まっている事物と、あなたが逝ってしまった後にわたしたちで発見しなければならないモノとでは、演出の点で違った取り扱いになっていた。

わたしが訪れるたびに、あなたは何かを配分していて、わたしはどうあってもそれを受け入れなければならなかった。たまに突飛なモノもあった。

「さあ、それを手にとってごらん。欲しいでしょ?」

わたしは、絨毯を叩くための、葡萄の切り株と、柳でできている叩きを持たされた。両方ともあなたが捨てられなかったものだ。「暖炉の隅にでも置いたら、ちょうどいいわよね。どう?」

ある時期は、石だった。しかも十個ずつセットになっている石で、まれに綺麗な石のこともあったけれど、たいてい普通の石だった。でも、どれもこれもその重要性はあなたの眼にはあきらかで、ただその理由はあなたにしかわからなかった。石は世界中の地面から集められたものだ。「あなたも石好きだってことくらい、知っています。でしょ?」

あなたは南フランスにあるわたしたちの家の小さな裏庭で、ミストラル*から植木鉢を守るためには、これくらいの石がちょうどよいと思っていたのだった。ヴァレンシアの水田で刈り取られたスペイン米の粒は、プラスチックの小さな箱に入れられ、ダイアモンドみたいに保存されていた。近いうちに田植えをするつもりだ。あの柳の木からさほど遠くないところに植えるよう、あなたはしきりにわたしに言った。コルシカ島の灌木地帯からきた植物は、いまは鉄製の三脚（あなたが看護婦と母親代わりになっていたあの腕白小僧たちが作ってくれたのよ）で支えられて、大広間の大きなガラス窓から、その見事な姿が見える。クリスマス用の花を咲かせてくれるでしょう――あなたが約束してくれた、白い花を――きっと……。

こうして、あなたがどうしても処分することのできなかったモノたちは、あなたの手からわたしへとごく自然に移されることになった。

これらの小さな宝物を「救う」と考えただけで、あなたは喜んだ。あなたの喜びはわたしも愉しい気分にした。わたしたちはときどきこの内輪の移譲を愉しんだ。一つの家からもう一つの家へ移動するモノたちの、バレエのような面白さ。あなたの存在の小さな証拠を背負って家を出るわたしを、あなたはじっと見ていた。少し軽くなり、解放されたように、あなたは安堵の溜息をついていた。

＊　南仏の冬将軍。冬から早春にかけて吹く強い北風のこと。（訳注）

車で、あなた自身のパーツを運んでいるようなわたしのほうは、身体は重く、心は締めつけられるようだった。生きたままのあなたを小さく切り刻んでいるような気がした。モノたちは、あなたから引き離されたことで途中で死にかけていた。我が家に着いて、一つひとつに適した場所を見つけると、息を吹き返した。

これはすべてあなたの密かな目的だった——わたしは少しずつ理解していった。少しずつ、驚嘆すべき、見事な論理を理解した。こうしてあなたは、自分の人生のささやかな痕跡を、死そのものである忘却から救い出していた。モノへの感謝としてわたしに委ねていたのだ。わたし自身が、後年、息子に対して同じことをするかのように……。

鍵のかかった引き出しが開くのを前にして、子どもの頃に一回だけあった継承のレッスンは、五十年の時間を経て、ようやく結末がわかった。あなたとダンスを踊れるように、わたしももっと軽くなることをあなたは望んでいたのだけれど……。

日々は過ぎ、わたしは学んだ。死がどれほど生き生きとしたものであるかを学んでいた。レッスンは以前に増して複雑になった。それは、ある朝、あなたがわたしに電話してきたときに、もっと難しくなった。

「ねえ」と、声は明るかった。「あなたが次に来るとき、あなたの手紙と、それから小学生時代のノート、特に編み髪をもって帰ってね！　忘れているといけないから忘れないで言ってよ。考えなきゃいけないことがいっぱいあるのよ！」「ええ、ええ。ご心配なく」。まるで、本か新聞記事を持って帰るのを忘れないようにと言われているかのごとく、簡単に答えた。

この種の頻繁に交わされた対話、つまり、あなたの死を物理的に扱い、そこに可能な限り悲劇的要素を持ち込まないようにするための、無邪気で飾り気のない方法に気づいて、わたしは呆気にとられていた。

言葉と行為をほとんど抽象的なものにしたのは、時差の奇妙な感覚なのだろうか？　それがわたしを助けてくれたし、体験する気にもなった。かつて、わたしはFの死に似た何かを経験したことがある。それは抽象化の体験だった。ペール＝ラシェーズ墓地の凍りつくような冬の朝、わたしの手に置かれたまだ熱い壷、それがFだということを、抽象的なやり方以外、到底、認めることなんかできなかった……。

モノたちのワルツは、また新しく始まっていた。今問題なのは、わたし自身のステップだった。

あなたが対面するように仕組んだのは、わたし自身の様々な部分だった。

子ども時代のことも少しだけあった。あなたが注意深く守ってきたものだった。すぐにも仲直りして、忘却から守らなければならないものだった。わたしが大きく成長するのを眺めながらあなたがそうしてきたように。

だから、わたしたちは一緒になって、青春時代の手紙に眼を通した。あなたが、ブルー・マリンの制服を着た、扱いにくく、絶望し切った子どもの寄宿生から手に入れたものだった。

大きな声で、幾つかの手紙をわたしは再読した。わたしにとっては親しみを覚えると同時に、驚くほどよそよそしい部分だった。

あなたは、感動してほろりとしながらわたしの朗読を聴いていた（最初に読んだときに、こんな雰囲気になったはずだった。なぜなら、わたしと同じくらい、わたしが強制的に寄宿舎に入れられたことをあなたは心苦しく思っていたから）。いや、その手紙を書いた当のわたし以上に、あなたは手紙のことをよく知っていたようだ。

わたしたちは一緒に、小学校時代のノートを捲った。デッサンが幾つかあって、赤紫のインクで「a」と「o」に注意を促す線まであった。ノートの中には、押し花がしてあるものもあった。干からびた花が、ひらひらと、わたしの膝の上に落ちてきた。

あなたは、唇に微笑を湛えながら、物思わしげにわたしを見つめていた。子どもの頃に小道をあちこち歩き回ったことや、過去をメランコリックな調子で彷徨すること。あなたは一人で、この数ヶ月、それを追体験してきた。整理して、最後の旅の荷物を準備する数ヶ月。旅支度したモノたちは、思い出を呼び覚ますのだ、とあなたは言っていたが、完全に手放す前に、もう一度はっきりと思い出す必要があった……。

「来て！」

あなたの部屋まで、わたしはついて行った。あなたの足取りは、あなたの人生に似て、よろめいてはいるものの、威厳があり決然としていた。

わたしたちは箪笥の前に座った。あなたは低いほうの引き出しを開けた——一生かけて守るモノは、低いほうの引き出しに入れることになっているのだろうか？　その引き出しから皮のポシェットを取り出した。そこから、封筒を一つ取り出す。そして封筒からは、髪を取り出した。

「わたしの三つ編み？」

「そう、小さい娘の頃の、あなたの髪！」

金色で絹のような光沢のある編毛は二つあって、それぞれが、トルコ石の色をした二本の細い縄で結わえてあった。止血帯にも見えた。編んだ髪は思い切りよくばっさりと鋏で切断されていたからであり、そんなとき、子どもは少しは血を流したに違いないから。

もう顔も思い出せない理髪師の、運命的な鋏によって髪を切り取ることを望んだのが、わたしだったのかどうか、もうわからない。ただ、五十年経って、わたしは動転していた

（わたしの息子の、ひとかたまりの最初の巻き毛が、幼稚園の子どもたちの戦場に落ちているのを見て、動転したように。わたしはその髪をもちろん箪笥の低いほうに保存している）。

わたしは考えた。あの鋼鉄の刃、つまり今日、わたしたちの首を切ろうとしていた刃は、わたしたちの首をぞくぞくさせる。でも大きな違いがあったのだろうか？　子どもの頃のよく切れる鋏と同じ金属で出来ているのではないだろうか。

あなたは、両手で、過ぎてゆく時間を捉まえていた。過ぎ去った時間のエンブレムそのものを。あなたが小さな娘の頃のわたしの金色の編毛をこれを最後と眺めている姿を、わたしは見ていた。

編毛に別れを告げなければならなかった。髪を編んでいた小さな女の子にも（髪は、あなたが櫛で梳き、あなたが結っていた）。そして、当然、編毛の持ち主だった人にも別れを告げなければならなかった。振付はそうだった。

このとき、あなたは一つの行動に出た。演出のうえでそれは想定されていなかったと、わたしは確信を持っている。あなたが、わたしの編毛、わたし自身の一部をわたしに贈ろうとしていたとき、あなたが、編毛に、繊細で密かなキスをしたのだ。それはまるで盗まれたキスのようだった。

軽やかであることをあなたが望んでいた、この別れのキスを、わたしは見なかったふりをした。それはぜんぜん軽やかではなかった。二人ともそれがわかっていた。あなたは、髪を編んだ小さな女の子に永遠の別れを告げる一方で、わたしは、可愛がっていた子どもの髪の上に、愛しい唇を何度も何度も押しつける母親に対して、「永遠にさようなら」と言っていたのだった……。

この思いがけない行動は、静かな動揺を引き起こし、まだわたしを悩ませている。あなたのさようならとわたしのそれとが混ざり合っている。キスをする束の間の時間が、孤児になったわたしの頭の中でいつまでもいつまでも繰り返されて終わることがない。ほとんどないに等しい、秘かな、瞬きする間のような瞬間、決心の平静さにもかかわらず、あなたがどれくらい痛ましく、あなたの持っていたものから自分を引き離したのか、あなたがいかに母親であったのかが、痛いほどわかった。

わたしの編毛は、引き出しの低いところで、Aの巻毛と一緒にとってある。でも、それですべてではない。髪に象徴的意味を絡ませることは、思いがけない方法で反復された。その方法は、きっとあなたになら気に入ってもらえると確信している。

あなたが旅立った後、わたしたちはあなたの家を開放し、洋服だんすをからっぽにした。一つひとつ、あなたの後を歩いて回るようにしてモノを見つけるたびに、記憶の道を辿った。そのとき、わたしは突然、年配の婦人用のシンプルな下着の中にあった、このうえなく柔らかくて心地よい何かに触った。それはあなたの髪だった……。明るい色をしたナイロンの高級な糸の中に、いろんな色に染められた長く捩れた髪があって、編んである部分もあれば、単に巻いてあるだけのところもあった。白い小さな紙にあなたの綺麗な斜体の筆跡で、逝ってしまう前に、髪のすべてを編み上げるだけの時間がなかったから、と書かれていた。

自分の髪を、あなたは手放すことができなかった。髪の一本一本が、あなたの女性としての人生のすべての面に対応しているはずだった。髪はあなたの人生の最も忠実で最も親しい痕跡だった。それぞれの色調が、あなたに語りかけたはず、馴染んでいた他のどんなモノよりも確実に、心の中のことを思い出させてくれたはずだった。

あなたはもう神を信じていなかったけれど、宗教的情熱で、自分の存在の断片を守った。それは貴重な形見で、わたしたち子どもにあなたが残してくれたのは、それらを並べる権利だった。あなたが逝ってしまった後、家の中をあちこち見て回ったわたしたちは、この家がどんなに慎ましいものであり、あなたがわたしたちのために取っておいてくれたモノすべてにどれほどあなたの精神が宿っているかがわかった。わたしたちがそのモノを分かち、わたしたちのためにモノがあるという単純な事実が、モノの豊かさとなった。モノが持っている唯一の豊かさだった。

実際に手をすべらせ、考えてみるために、わたしは髪を必要とした。どんどん灰色になって白髪になる色合いのぼやけた感じは、いつも雷のようにわたしを打ちのめした。わたしはそこに母親たちが何代も続くのを感じ、そして、あなたの人生とわたしの人生の瞬間が、交わるところにあなたを感じる。

わたしの手が髪に触れ、思考が記憶をやがて汲み尽してしまえば――しかし、思考が記憶を汲み尽くすことがあるのだろうか？――、あなたの髪は、箪笥の下の段で、わたしの髪とAの髪に再会することになるだろう。これでいいんじゃない？　わたしはこんなふうに髪を絡ませあうという発想が気にいっているのだが、おそらくわたしたちの後、他の誰かがそれを解くことになるだろう……。

このとき、そして「後になって」から、わたしはあなたが「仕事」と呼んでいたものがどれほど多かったのかに気がついた。あなたが持っているものすべては、一覧表として作成され、選り分けられていた。残っているものは、整理されて、レッテルを貼られ、あなたがはっきり言っていたように、わたしたちに最小限の「仕事」しか残さないようにしていた。

まさしくそうだった、あなたは、じつに事細かにその仕事をまっとうした。道徳的にはもちろん、感情的な面からみても、その仕事はあなたの眼には不可欠なものと映っていた。

モノや洋服に一定の秩序を与えることだけが目的ではなく、実際の経験、つまりモノたちとあなたとの共通の歴史の中にモノを書き込むことが重要だったのだ。ときどき、モノの由来や、あなたとの人生との関係、あるいは予測のつきかねる用途を、あなたは注記していた。何十という小さなレッテルのコトバが役立った。コトバには感情が溢れ、ときにはユーモアもあり、どんな小さな包装にもくっついていた。「このドレスを、わたしは大好きだった」とか「古いレース細工、でも砒素は入ってないわよ!」とか「開けるときは注意!」だとか。

あなたの小さなレッテルのコトバを、わたしたちは全部みつけた。足どり探しゲームのようでもあり、宝探しゲームのようでもあった。「後になって」、何度も、コトバはわたしたちを笑わせてくれた。いずれにしても、あなたがモノに期待していた効力を、それは有していた。過去の面影の真ん中で、生き生きとして、いたずら好きで、優しいあなたがそこにいた。

しかし、最も普通ではなかったのは、あなたが諸々の準備をまったく包み隠そうとしなかったこと。「後で」は、わたしたちを目の前にして、あなたがこれ見よがしに、準備をねり上げたことを意味する。あなたがこの「仕事」にしばしば没頭しているのに、驚いた。

この仕事のためなら、わたしに助けを求めることすら躊躇していなかった。

終わりの頃、何かを取り出すために引き出しを開けて、もう貼り付けてあったコトバのレッテルの一つを、わたしが偶然に見かけたことがあった。「いいえ、その引き出しじゃないわ！　その引き出しは整理したわ。もう触っちゃダメ！」。引き出しを閉める前に、わたしは小さな紙切れを読むだけの時間があった。わたしたちに宛てた、「後の」ための紙切れ。奇妙な感じだった。あなたは活力にあふれていたのに、少し死んでいるようだった。わたしはあなたを叱りつけたかったが、勇気がなかった。

「仕事」という語は、語彙のままに、あなたが今も現役で、将来も続けることになる助産婦という現実を意味するだけではない。わたしにしてみれば、カウント・ダウンの数週間を経験する中で、「喪の仕事」という精神的な意味にその語を結びつけなければならないことが徐々に明らかになっていった。「喪の仕事」という言葉があまりわたしは好きではなかったけれど、それはとても適切だった。モノを整理することが、モノの記憶を再発見する助けになっていたし、レッテルを貼ることが、モノたちへ別れの言葉を口にする一助になっていた……。

「どうして荷造りしているの、ママ？　あなたのため？　わたしたちのため？」

「お互いのためよ。」

「何も準備などせず、すんなりと死んだら？」

「確かに、そのほうがいいわね……。でも、同時に、わたしが片付けをしているとき、わたしは思うのよ……。」

「何を思うの？」

「すべてを。」

すべてを……。最高のことと最低のこと。

いいこととすべてと、悪いこととすべて。

モノたちのおかげで、あなたはもう一度、九十二年の記憶を経巡らねばならなかった。喜びとしても、苦しみとしても、生き生きとした記憶を。

喪の仕事……。一連の行動。掘り返し、さらに掘り返し、もう一度、これを最後とばかりに見回して、過去と一つの人生が辿ったコースにじっと思いを馳せること。

あなた一人のための仕事？

いいや、違うわ。わたしにとっても仕事。なぜなら、あなたの傍にいたいと願い、強く望んでいたのは、わたしだから。見習いのわたし、死の、あなたの死の学校の小学生。

その仕事は、わたしのためのものでもあった。

今日のような「後」になってみれば言えることだけれど、現れ出たモノたちのワルツにのせられるようにして、わたしも、あなたの論理の、哲学の中心にいた。あなたは、緻密な振付でわたしに手ほどきし続けていた。はっきりとしたあなたの身振りが瞬時にしてわかるわけではなかったけれど。

あなたは巧みに素朴な表情と複雑な表情を使い分けていた。たとえば石のような、わたしよりもあなたの方が重要だと考えていたモノを、あなたの家からわたしの家へ運ぶとき、あなたが素朴な顔をしていたのを思い出すだろう。だが、栗色の熊の縫いぐるみのような、まずわたしにとって大切なものの場合にあなたは複雑な表情を見せた。熊の縫いぐるみは、長い間（ということは、つねに）あなたが一人で守ってきたもので、ナイロンの古いストッキングが包帯代わりに、二本の足と腕を縛っている、ひどく哀れな状態で、引き取らねばならなかった。

部屋の箪笥の上からいまわたしを眺めている栗色の熊の縫いぐるみ――わたしの部屋はそれを明らかに待っていた――とは、いま話をしているこの時になっても、まだ、奇妙な因縁がある。この縫いぐるみは、そこにあることがどうにも場違いに思える唯一のモノであり、孤児であることを切なく思い出させてくれるたった一つの存在だ。

あなたの論理……。

わたしが訪ねてくるたびに、軽く、象徴的なちょっとした喪の作業をさせること。その作業を増やしていけば、現実の喪の効果を軽減したり、和らげたりすることができる――と、看護婦は考えていた――だろうし、もう一つ、喪の暴力に対して免疫を与えることができると思っていた。

わたしはあなたにすべてを語ったわけではない。

恐怖を克服する点では進歩があったのだけれど、あなたのワクチンの効果にわたしがどれくらい疑問を持っているか、語らなかった。わたしは、そんな魂の同毒療法をまったく信じていなかった。間違っていた。それでも、わたしは自分が正しいように振る舞った。ゲームをしていた。わたしは瀕死の人に似てきていた。あらゆる偶然を諦め、薬を試さなかったと非難される、最後のチャンスの薬を諦める瀕死の人に……。

それから、どう言おう……わたしの躊躇いがちで覚束ない足どりを導いてくれた、あなたのやり方の中に、信じられないくらい優しくて親しみの持てる何かを見つけていた。

わたしのフォークを握り、「o」や「a」を正しく書くようにペンを握って助けてくれたあなたは、注意深い人だった。あなたはわたしに死を教えてくれた。ちょうど昔、食べ方や書き方を教え、訂正したり叱ったりして、いつでも飛んできてくれて、すぐにわたしを支えてくれたように。

「わたしを支えてる？」

「ええ、あなたを支えてるわ！」

あなたがよろめくことを、あなたが作り出した見知らぬ方法でわたしがよろめくことを、あなたは予想していた。ときどき、わたしが苦しそうに喘いでいるのを少しだけそのままにしておいた。でも、それでも再出発しなければならなかった。途中であまりにぐずぐずしないように。時間が迫っていた。時間が……。

*

残る日々が減っていくことについて、あなたに何を言うべきだろう？　あなたの人生の時計の振り子がカウントする時間は、いまや日単位なのだから。恐怖そのものさえ、質を変えてしまったとあなたに言おう。さらにまた、現実という驚異とその爆発的暴力は、反転し、ほとんど抽象的なものになっていた。

あなたの行為の前の、最後の二週間、わたしの苦しみは、そのあいだひどくなったわけではない。それらの日々は違うものだった。わたしは他の誰かだった。うまく認識できない誰かだった。なぜなら、わたしであるはずのその誰かは、最後の二週間を可能な限り最も普通に過ごそうと決心していたから。あたかも、あなたはこれから死ぬのではなく、いわば、いつもと同じなのだと捉えていて——それはあなたが望んでいたことでもある。わたしにはそのことがわかっていた。それから、この誰かは、秘密を打ち明けられ、あの告白を聞き、振り子の打つ音を数えていたわたしと近親者たちを、大いに驚かすことがときどきあった。古典的な自我の分裂だとわかっていたが、しかし、その二週間を経験する人間に、どれだけ有効だったことか……。

わたしは考えた。おそらく人は他者となるとき、最も自分自身なのである。

わたしの恐怖は、ますます幼年時代の大地を耕した。満水を越えた川のように、恐怖が、小さな少女の恐れの残滓を押し流し始めた。あなたの死によって大きくなった恐怖の滓。あなたの死は、わたしの生活を絶えず追いかけてきた……。

再び、幼年時代。あなたは病気。あなたは重い病気だ。

わたしは、もうずいぶんと長いこと浴室の洗面台で濡れっぱなしだった、血痕のついた下着や、漂白剤の匂いから、あなたの病気が重いと判断していた。

あなたは、きっと病気なのだ。部屋の扉が閉まっているから。扉は閉まり、中からはまったく物音が聞こえてこない。わたしは待っている。昔のことだ。時計の振り子の音。昔からだった。あなたは病気ではなく、死んだのだ。あなたはきっと死んだのだ。

扉の前にしゃがみ込みながら、わたしは自分の顔を扉に押しつけていた。死を耳にする。子どもっぽい情熱をすべて注いで、わたしを扉に貼りつけた原因は、あなたの死への恐怖。こんなに長くここにいれば、とか、わたしの魂全部をそこに置くなら……などとわたしは考えている……。扉が開く。父がいる。おまえはそこで何をしているのかい、おチビちゃん。何も。何もしていない。わたしは中に入る。あなたはわたしに微笑み返す。助かった！　その通り、でもいつまで……。

最後の二週間、あなたはいつも通り――言わせて貰えるなら、レッスンの時間以外は――驚くほど普通だった。あなたはあなた自身だった。わたしが他の誰かになったのと対照的だ。

あなた自身であり続けることを、素晴らしいと思った。あなたの仕事があなたをしっかりと立たせていたし、あなたの意志があなたを立たせていた。あなたの永遠の敵である疲労にもかかわらず、成し遂げるべき究極の仕事のために、究極の義務のために、あなたは立っていた。衰弱と同じく、疲労は、あなたにとって拷問であり、哀しみだったのに。

「わたしは疲れている」、こんな憎むべき文章を口にするためには、あなたには時間が必要だった。この文章は禁句だった。あなたは疲労について一つの規則を作り出し、自己愛や魂の高貴さについての問題としたからだ。禁忌に近いこの要求に耳を傾けるためには、あなたの馴らし期間である数年を遡って、こんな逸話を掘り出してこなければならない。あなたを叱りつけた監督者の逸話で、彼女についてあなたは嬉しそうに話をした。まったく休みなく一昼夜働いた後の産科の授業中、あなたの瞼が二、三秒、閉じたというのである。「お嬢さん！　もし眠気に抵抗できないのであれば、助産婦の勉強を続けるには及ばない！」

この侮辱の言葉は、当時のあなたみたいな、小脇に聖書を抱えた、信仰心に篤い若い娘の意識に刻まれた。

宗教的ではなかったけれど、でも、道徳の誠実さはあった。そう。疲れていることは恥ずべきことだった。疲労は、あなたの眼からすると、九十二年の人生が決して許せない不名誉だった。

疲労を告白して涙を流しているあなたを見た。消耗があなたを説き伏せてしまったのは、時間との闘い、自身との闘いにあなたが負けたからである。

誇張された二週間のあいだ、わたしはかつてなくあなたをじっと見ていた。それはわたしの思い出の中にあなたを描き出しておきたいという思いだけではなく、最も近くまで、その疲労に近寄ってみたいと思っていたから。疲労は、最終的にあなたに諦めを抱かせた。

わたしはそれを見た。感じた。ほとんど、強く突き動かされた。

あなたの疲労がわたしを身を切るように悲しませ、もう一度、病へと突き落とした。わたしは、あなたの背中をもう一度シャンとさせたかった。あなたの腕を直して、足に元気を回復させたかった。身体の線を描き直して、かつてはあんなにまっすぐで、充実して、機敏で、基本的に活発だったあなたの身体をこんなに歪めてしまった外皮から、あなたを引き剥がしたかったのに。

あなたの疲労は、わたしの眼と心をズタズタにした。疲労はそこにあった。二年前、すでに南仏の家で疲労は現れていて、それと同じくらい、いまや、誰の眼にも明らかだった。当時、わたしには、毎日毎日、疲労をつぶさに観察し、それがいやらしく蔓延するのを近くから眺める時間があった。でも、あなたは疲労に対してもわたしたちに対しても、決して騙すようなことはなかった。

疲労はそこにあって、かつてよりも明らかに、あなたを拘束する足枷のようだった。本物の老いの残酷な鎖！　有害なきづたのように増殖していた。

すべてがあまりに遠く、重く、高く、低くなりすぎて、一言で言えば近づくことさえできなかった。多くの努力と引き換えだった。まだ元気で誇り高いあなたの頭脳は、もはやそんな努力を望んでいなかった。身体がくたくたに疲れ果て、粉々に砕け、バラバラにされ、それまで以上の苦しみを味わうことを、あなたの頭脳は望んでいなかった。それに、もし身体がそうなってしまえば、未だ元気で誇りに満ちている頭脳まできづたは届かないと誰が言えよう。今度は息を苦しくさせ、まっすぐ歩く邪魔をしようとするのだ。

わたしは、あなたが疲労を受け入れられないのは、あなたが生を愛しすぎているせいだと考えていた。一貫性の問題であり、よくそう思われがちなのだが、決して傲慢やナルシシズムの問題ではなかった。

死を好きになるためには、ときにはとても強く生を愛さなければならない。

死の選択が、生への讃歌であることもしばしば起こる。

あなたが、あなたの小さな世界、ときには大きな世界を歩き回る際に、あんなに警戒していた眼を、恥ずかしげもなく閉じたいと思っていることがわたしにはわかった。

まったく単純に、もう時間になって、生の宿題を終えてしまったからという理由で、眠りにつこうと決心したかのように、好きなように眼を閉じる権利。あなたにそれを思い留まらせるには、もっと多くの監視人が必要だろう。死ぬ権利。あなたには、時間に対して、自分自身に対して、あなた自身の希望の限界まで十分に闘ったのだから、尊厳の中で死ぬ権利がある。

眼を閉じてあなたの日々を終わらせるという選択には「報奨」という名がついていた。

死ぬことは、尊厳なきことではなかった。たとえ誰であれあれほど疲れ果てたままでいることこそ、死ぬことだった。

このことを後になって、人々に説明するのは難しい。「でも、ではどうしてあなたのお母様は、日々に終止符を打たれたのかしら？　ご病気だったの？」

「いいえ、彼女は疲れていましたので。」

理解などされなかった。疲労していること。これは死ぬ理由ではないのかしら？

あなたには、死ぬに足る理由だった。それは一つの理由だった。正当ですばらしい理由。小さくて大きな世界を歩き回るのに役立つこと。いわば家庭用品のように動くこと。稼動状態にあること。

「ねえ、わたしのオーブンが壊れてしまったよ！」

「あら！……じゃ、修理しなくちゃ。」

「そうじゃない、御覧なさい。オーブンは死んだのよ。以上、それで終わり。」

最後の頃、あなたのトースターや、同じ種類の他の道具にも似たようなことが起こった。

「御覧なさい。すべては緩み、壊れているわ。わたしみたいに。彼らは、オブジェ（物）という言葉を与えられたのね。モノの方がわたしより一歩先を行ってる。それって変な話でしょ？」　あなたは笑っていた……。

家庭用品を修理しない。それは、年をとり過ぎて消耗しすぎた女性を治療しないのと同じだ。それだけ。それが変な話かどうかは別の話だけれど、修理＝治療してもらうかどうかの決定は、その年取った女性、彼女一人に責任がある。これがあなたの自覚だった。

修理＝治療できないという自覚を、あなたはそれを自分の責任として引き受ける前に、すでに感じていて、しかも心の底から感じていたので、自分にウソをつくことがなかった。あなたにはその感情がよくわかっていた。その感情が到来するのをあなたは待っていた。だから、唯一の悲しみは、あなたの愛したわたしたち全員を残していくことだった。

そのことを考えると、あなたはときどき鬱に陥った。「たった一つの苦しみは、あなたがたの許を離れること。あの世から、あなたがたを追いかけて、こっそり覗いてみたいものね。でも、だからと言って、あなたを見捨てることに罪は感じませんよ。わたしにも悲しみの分け前があった。そうでしょう？」

罪がないこと。あなたのこの考えが、わたしは好きだった。あなたには道徳のセンスがあった。わたしたちに対するあなたの行為には罪がない。

疲労があなたを狂わせないうちに、あなたの勇ましさがまったく底をつき、無駄なことをしないうちに、旅立つこと。この「無駄な」という語には――「尊厳のない」とか「疲労」という語と同じく――きわめて特異で独特の、あなたなりの定義があった。あなた自身がちょっとユニークであったように。

そして、あなただけが、この定義、つまり疲労に関してまったく相対的で主観的な定義を選び、わたしたちも同意した。たとえ、それとは別の、もっと寛大で穏やかな定義があなたに提案できたとしても。ひょっとすると、あなたを留まらせ、あなたを守ることができる提案があったのかもしれない。

わたしの記憶に間違いがなければ、この件に関して、一篇の中篇小説（ずいぶん前に書いた文集に入っている）を思い出したのは、あなただった。タイトルは『昔の女性のブランケット』。わたしはその小説の中で、このうえない真実を込めて、自分の祖母Fの自殺を語っている。

そう、あなたが知っていた通り、あの年老いた女性は窓から身を投げて、子羊のブランケットという的から外れてしまった！　そう、老いに結びついた、無力への激しい感情、これが彼女を殺してしまった！　人生を終わらせて、自分に対しても、近親者たちに対しても、自分の無力への屈辱的なイメージを持たせない。あなたは、わたしのレイモンドによく似ていた。年取ったインディアン女性のように、最初に雪が降る頃、姿を消す。人々の重荷にならないように、自分の人生に別れを告げるときが来たことを感じると……（ただ暴力的行為だけが彼女にショックを与えた。あなたは、甘美な死の信奉者だった。あなたが守っていたのは、眠りながら死ぬことであり、自然な眠りにできるだけ近い死だった)。

年老いた女性の自殺という主題が、わたしを初めて小説の世界へ導き入れたのだという事実に、ひどく混乱したのを思い出す。わたしにとって書くことは、どうして、そんなふうに死ぬのかという問いから始まるべきものだったのか。Fが死んだ頃だ。あなた自身の決心が熟していくのを感じ、その脅威を予感していた。

だから、わたしが執筆を始めた頃、多少とも意識的にあなたは「存在」していた。かつてのあなたのように。あのとき、オキシフルとマーキュロの壜に取り囲まれていた小学生のわたしは、ノートに、「o」と「a」のヘタクソな線を引くことに集中していた。

今日、あなたがわたしの筆につきあうことはもうない。あなたが知っていることと知らないことすべてをあなた宛てで書くことが正しいのだろう。そうすれば、あなたは書かれたもの、書かれるであろうものの中に存在し続ける。

またしても、幼年時代。わたしの涙は静かなもの。寄宿舎の寝床は、薄暗がりの中にまるで沈んだみたいに広がっていた。皆同じ七十台のベッドで眠った。密かにすすり泣くのは、わたしだけなのか? 静かな涙は、騒々しい涙よりも枕を湿らせるものだ。わたしの枕は、濡れたみたいになっている。おそらく泣いているのは一人、という事実が、わたしの哀しみを倍化させ、わたしの孤独感を募らせる。

にいた。

「どうしたの？」

わたしは、親友でもないのに隣人を起こしてしまった。親友は別の列、洗面所のすぐ傍
「なんでも。なんでもないわ。」

「うそ！　なにかがあるのね。泣いてるんだもの！」

わたしは躊躇する。

「母親のせいで……。彼女、もうすぐ死ぬの……」。

隣人は同情する。

「お母さんは病気なの？」

「いいえ、ちがう。彼女は病気じゃない。とても元気よ。」

「じゃ、なに？」

わたしはためらった。

「彼女は死ぬ……。彼女はある日死ぬから……」

沈黙。すぐ隣に、沈黙と当惑がある。返事はない。彼女に何が言えるというのだろう？

彼女はわたしに背を向け、もう一度眠りについた。わたしは彼女が理解できる。でも、わたしはいっそう激しくすすり泣く……。

この絶望的なシーンは、あまり頻繁にわたしの頭の中に出てきたので、寄宿学校の数年間を構成する要素となった（それも夜の、だ。なぜなら、昼間のわたしは陽気で、むしろおてんばだったから）。この時代ほど、あなたを失う恐怖を感じたことはなかった。怒りとはほど遠く、死を予見させるものが何もない時代だったのに。

この恐怖、カウント・ダウンの最後の日々に味わった恐怖は、幼年時代の記憶に埋まっている地面をひっかきまわした。あのときの恐怖には存在理由があり、効果があったと思う。こうした幻覚上の恐怖を追体験することで、あなたの現実の死に対する、かつてないほどの具体性を帯びた、触知できるほどの恐怖がなくなるのかどうか、わたしは心の中で問い返していた。

こうした言葉で問題を立ててみることは、さほど間違いではなかった。というのは、あなたの死を考えることの方が、死そのものよりもいっそう耐え難いこと、幻覚の方が現実よりもずっと怖ろしいことをわたしはやがて確かめることになるのだから。あなたの本物の死は、疲労に涙するあなたの、人の心を引き裂くような光景よりも、悲しくなかったのだと思う。

*

二週間、残っているはずだった。

わたしは、あなたが許可した回数よりももっと多く、会いに来たかった。わたしが従うような口実を作っては、あなたはそうした願望を抑えた。日数が少なくなると、わたしが逆上したり、意気消沈しないかと心配だったのだろうか？　とんでもないことを言ったり、したりすると思っていたのか？　わたしの感情を信用していなかったのか？　あなたは、わたしがわたし自身の主人であることを望んでいた。あなたがあなた自身の主人であったように。だからこそわたしはあなたを助けることができたのだ。冷静さを保ちながら。

馴らし期間の最後の試験に取り組んでいるのだ、とわたしは感じていた。持ちこたえることが重要だった。暗黙の了解、弱気にならないこと。

いわば時間稼ぎのようにして、あなたに会いに行けば、わたしたちの時間はまだ終わっていなかった。夜まで少しずつ時間を齧り続ける。わたしはその場を立ち去ることができない。あなたの方でも、あえて追い出そうとはしなかった。お互いに言うべきことがあるはず！　暗黙の了解、弱気になるな、でも、あまりあからさまにならないよう、その雰囲気を出さぬようにして、お互いが時間を有効に使うこと。

それはまるで、ずいぶんと長い間、二人が会っていなかったかのようだった。しかしこれから長い間二人が会うことがないだろうという意味ではなかった。——このふたつは決して同じものではない。

飢えた感じ、それだ。わたしたちは二人で話すことに飢えていた。すべてについて、無について、本質的な物事について、あなたの死についても貪るように語りたかった。だが、あなたの側からもわたしの側からもそれを態度ではっきりと見せることはなかった。あなたの死、何にも増して重要なそのテーマを、あなたの曾孫が将来生まれることと同じように語ることはなかった（あなたは曾孫の顔を見ることはないだろう）。

驚くべきこと。このような究極の出会いを、あなたと一緒に経験できたこと！　しかも冷静に。でもいちばん最後の出会いは別。それは少し違っていたから。

恐怖に対するワクチン接種と呼んでいたものに、わたしは疑いを抱いていた。でも、その有効性を認める決心をしよう。この最後のチャンスとなる薬は、効いたのかしら？

このような大事を前にしてわたしは茫然とする。女性であることは、わたしを助けてくれたのだろうか？　わたしはあなたに質問した。「出産する若い娘たちや妻たちは、死と隣り合ったとき、男の子や夫たちよりもうまく準備できているんじゃないかしら？」

「そうね、あなたの言う通りね。女たちは、自分の身体の中で死を一回経験しているから、よく知っている。男たちに欠けている点ね。」

これはありそうな答えだった……。

黒い文字であなたの名前の書かれたラベルの貼ってあるノート。わたしが読んでいたページには、「冷静に」という言葉が幾度も現れた。わたしはその言葉に浸され、心を静める力に満たされた。ただ昼間はそうすることができたけれど、夜になると、不安がわたしを捉えて離さなかった。

結局、あなたがわたしを落ち着いた心へ導いた。みんなはそう理解し、賞賛するかもしれない。でも、一緒に過ごした最後の日々が、陽気だったと認めることもできない。わたし自身、最後の日々を経験しなかったように感じる。そう信じられないような気がするのだ。

そう、わたしたちはお互いに「永遠にさようなら」の挨拶のポーズで母娘の日課を果たしていたが、その中には陽気さもあれば、笑いもあった。

時計の振り子が打つ音を数えるとき、時間は燃え上がる。高揚する。冷静さとは逆に、燃え上がるような何かに満たされる。わたしたちが言わなければならないこと、しなければならないことのすべて、たとえばそれはお茶を淹れるために湯を沸かすような最もシンプルなことでさえ、本質的な感じがしたし、ほとんど幸福の恩寵のようだった。それに、ノートの最後のレッスンまで一緒に到達したということが、わたしたちの気持ちを満足させた。わたしたちには報奨が必要だった。あれほど努力を払い、あなたは伝えることに、わたしは身につけることに専心したのだから。わたしたちには報いを受けるだけの資格がある、でしょ？

笑いは、わたしたちにとって報奨だった。

笑いと切り離せないものが、過剰さだった。過剰さは、わたしたちの最後のランデヴーの中で出会ったものだった。

わたしにはあなたを必要以上に喜ばせたいという気持ちが、強くあった。あなたがドアを開け、両腕に包みや花を一杯に抱えているわたしの姿を見ても、いつも抵抗しなかった。「また馬鹿なことをして！」　いや、あなたは望んでいた。わたしが馬鹿なことをするのを望んでいた。強引にあなたを座らせ、何かに憑かれたようなわたしは、一目散にキッチンに駆け込んだ。「もう、耐乏生活なんて送らないでしょ？」

眼は輝き、食道楽の雰囲気が漂い、あなたはなすがまま、牡蠣の料理とスモーク・サーモン数切れを前にして、うっとりしていた。

あなたは、生涯を通じて、質素倹約を生活信条にしてきた。そのあなたが、かつてないほどモノを愉しんでいた。そしてわたしたちのモノを齧る音が大騒ぎへと発展していったのだ。

あなたは、まったく気兼ねすることなく、すごくシンプルに自分を見つめることを心に決めていた。

あなたの子どもたちが口裏を合わせた結果、牡蠣があなたの常食となることさえあった。このアイディアはあなたを喜ばせた。「医者には塩分を禁止されているんだからあきれる！」こんなふうに、子どもっぽく、軽やかにあなたは喜んでいた。花について言えば――ああ、花たち！――花があなたの喜びの仲間であり、最後のアガペ（仲間たちとの会食）の特権的な共犯者だった。

花は、いつも、あなたにとって、特別な感情の対象だった。信仰心に由来する思いやりをもって、あなたは花の面倒を見ていた。その美しさは、世界の醜さからあなたを癒した。感嘆と荘重さの中で、花が生き生きと開花し、やがて枯れていくのを眺めていた。なぜなら、あなたにとって、束の間で脆い花の運命くらい、人の一生のコースに似ているものはなかったから。あなたは別れの手紙の中で、わたしよりもうまくそのことを書くことになる。自然な感じに溢れる書簡は、あなたの行動の伴走者だった。

いまここで、花があなたを取り囲むことは、食べたり呑んだりすること以上に、不可欠なことだった。眼で花を眺め、語りかけ、指で撫でることは、その瞬間が訪れたあなたを助けた。なぜなら、花は、あなたの子どもたち、あなたを愛している人たちから届けられたものだから。これは、旅立ちの時、あなたの傍にいるわたしたちなりのやり方なのだ、とあなたは考えていた。遠くにいながらあなたと一緒にいる、素晴らしく繊細なわたしたちのやり方。だから、旅立ちの瞬間、大いなる飛躍の瞬間も、あなたはまったく一人っきりではないだろう。そしてあなたは皮肉っぽくこう付け加える。「じゃ、いまから用意したほうがいいんじゃないかしら？　花の冠なんて派手かしら？」

今度はわたしが笑う番だった。死者たちは、埋葬用の花をほとんど有効利用していないと認めよう。でもあなたの死を儀式化したいという激しい願望を通じてわたしが思ったこと、あるいはモノのダンスや贈与の振付を通して垣間見たこと、それは、喪に備わっている象徴的なものを逆転させたいという、あなたの狂暴な意志である。つまり、あなたは「事後の」行為を「事前に」経験したいと思っていた。あなたは、「わたしたちと一緒に」喪の時間、死の時間を実現したいと願っていた。

同じように、わたしの誕生日のとき、これからやってくるわたしの未来のすべての誕生日のために、少しばかりすでに逝ってしまったフリをして、あなたの未来の不在に備えるように配慮してくれた。また、あなたの死の前日にわたしたちが持って行ったすべての花束は、あなたなしの、あなたの死をこれ以上持続させないよう役立てられるべきだと思っていた。

だからあなたにとっては、あなたが愉しむ花以外の花など存在しないし、生きている間の花以外の花はあり得なかった。だからわたしが死者の花束を置いたのは、そんな生きているあなたの身体の上だった……。わたしはあなたと、百合やアマリリスの甘美な香りに包まれて、死を分け合った。

＊

一週間。すべての徴候が一致していた。一週間しか残っていないはずだった。わたしはUを捉まえた。彼に身をすり寄せた。

「あと一週間で、もうママはいなくなるの。」

「ええ、知っています。」

「あなたがわたしを助けてくれるの？」

「ええ。」

Uは自分の父親のことを考えている。あなたと同じ九十二歳になる。彼もまたまもなく死ぬだろう。だが、こう言ってよければ普通に病気で死ぬ。病気がすぐに彼に打ち克つことになるだろう。Uとわたしの間にある、奇妙な鏡のような結果。わたしたちは両親が逝ってしまう年齢に差しかかっているのだ。

愛の鏡の中では、一緒に孤児になることは、何でもないことだろう。

Uは父親にあなたの決心のことを話した。彼は決心を理解し、あなたの勇気を讃えてくれる。彼はまだ生きたいと思っている。妻のために。彼がいなくなれば、妻はどうなるのだろうか？　それが彼の唯一の苦しみ。それでもやはり彼は医者に、死の丸薬はあるのかどうか、訊ねていた……。

あなたは自由だった。あなたの日々に終止符を打つ選択には、自由の名がついていた。助産婦にとっての自由とは、妊娠の自由と切っても切り離せないものだった。あなたはそのことのために闘った。生を与えるかどうかの権利のために。あなたは母親たちを生み出したのだ。

生を選択することも、死を選択することも、同じ要求の範囲にある。同じ論理。「あなたならわかるでしょう。わたしたちはいつか、尊厳死の権利を手にすることになるのよ。

この闘いにも、わたしたちは勝つでしょう。」

一週間しか残っていなかった。なのに、あなたは、Uとわたしに外出とディナーを提案した。再び、暗黙の了解。普通に生活し続けよう。わたしは「はい」と答えたが、中断符つきだった。「わたしたちが自由になれるかどうかわからないわ……」。これ以上、正確にいうことは難しかった。

わたしが口に出して言わなかったことに注意を向ければ、奇妙な感じがする。「ええと……水曜日……そうね、いいわ、でも、たぶんよ……わたしの母がその夜に自殺しないならば……」。一度も経験したことのない、想像さえしたことのない、前代未聞の感じ。自分を超えた役を与えられた芝居の登場人物になってしまったようだ。わたしの台詞、登場人物の台詞を自分のために唱えていた。

あなたも、また、日数が減っていく過程にいた。ある朝、電話であなたにどんな感じか尋ねた。「この期に及んで、奇妙なコトをいろいろ経験しているわ……夜、別のやり方で考えるのよ」と、あなたは答えた。

「別のやり方って？」

「目を覚ましたら、日数を数える。それから「これでおしまい！」って言う。」

「不安から？」

「いいえ。「これでおしまい」って自分に言い聞かせる。それだけ。わたしがそのことを考え始めてからずいぶんと時間が経った。不安は広がってしまった。おまえはわたしが言おうとしていることがわかるかしら……」。

わたしにはわかった。よくわかっていた。一緒の三ヶ月を経験して、わたしだって「これでおしまい」と、言うようになっていた。一日に数回、夜でさえ、自分に言い聞かせていた……。

大学のわたしの学生たちは、いつもよりずっとわたしにとって必要不可欠になっていた。彼らはそうと知らず、わたしを支えていた。わたしの平常心の一部になっていて、現実という手すりに手をのばさなければならなかった。講義は、変わりなく続いていた。

小説作法クラスでは、関係がもっと個人的、主観的な見方が禁止されているわけではないので、わたしは自制するしかなかった。いつも自分を視野の隅に置いていた。しかしそれでもやはり、普通の登場人物を定義する問題が起きたときには、わたしが年取った女性の選択に強い影響を与えた。もちろん、彼女を死なせることをわたしは考えた。その日、老女の死を書かなければならなかった。わたしの順番になって文章を読んだとき、わたしの声は震えていなかった。あなたなら、娘を自慢したかもしれない……。

あなたの孫たちは、あなたに会いに行くよう激励されていた。彼らは多少見抜いていた。

わたしの子どもAは、大西洋の反対側にいたが、彼が出発した頃から事態を把握していた。秋になる前、あなたはすでに別れの挨拶をしていたのだった。彼はあなたの声を聴きたがった。海を越えて。あなたから（そしてわたしからも）遠く離れて。あなたのことを（わたしのことも）心配して。

Aは、あなたに電話をかけて、泣いてしまった、と言う。「悲しみを抱いて欲しくないの」と、あなたは彼に言った。

「僕が抱いているのは、悲しみじゃないよ。感動さ。」

Aはあなたにそう答えた。

「ああ、そう！　感動、それはいい！」

うまい区別。悲しみと感動だなんて！　あなたに相応しい、信じられないような大した技術。あなたの決心のような……。翌日、あなたの家に着くなり、わたしがあなたに指摘したのは、このこと。あなたは、おとなしくそのやりとりを認めた。それから、あなたがわたしたち全員に多大なものを要求していることも認めた。あなたがわたしたちに経験させていることは困難を伴うことだと、おとなしく認める瞬間が、わたしはとても好きだった。もう微笑を浮かべるしかなかった。

それは、わたしが「ナイト・ドレスの日」と名づけた日だった。今日でもまだ、わたしはその日に別の名前を与えることができない。これはすべて、蘭、薄紫色の蘭が原因だった。わたしは蘭をあなたのところへ持っていったことがあった。まるでそれがあなたに差し向けられているみたいだと思っていた。それはあなたの気持ちでもあった。

蘭を観賞し、牡蠣に舌鼓を打っていると、突然、ナイト・ドレス問題が浮上した。人生という劇場の、比類ないシーンのための、忘れがたい会話……。

「ねえ、ナイト・ドレスのことを聞きたいのだけれど。」

「……」

「どんなものを着ようかと……。薄紫の花のついた古いナイト・ドレスを着て逝くというのが好みなのだけれど。おまえは知ってるわよね。この蘭のような薄紫の花のついたナイト・ドレス。他に新品同様の綺麗なものもあるけれど、古いのがわたしの好みよ。わかる？　ただ、一つ問題があって。」

「……」

「浴室に探しに行ってくれるかしら？　お願いできる？」

誰かが立ち上がった。わたしだった。わたしは浴室にナイト・ドレスを取りに行った。ふんわりした生地にすばやく顔を埋める……。匂い？　同じ匂い。あなたの首や、腕の匂い。マルセイユ石鹸の匂い、子どもの頃のわたしのお風呂の匂い……。

あなたのところにそれを持っていった。あなたは、裏返してよく見てみるように言った。

「よくごらん、ツギが当ててあるでしょ。よく着ていたから…。肌身離さず持っていたわ…ツギハギだらけのナイト・ドレスを着たわたしを、人々が見ることになるのね。あまりよくないかしら？　わたしはどんなふうに見える？」

ひどいツギハギ？　そう、それはひどすぎる。

あなたからかわたしからか、どちらから始めたのか、わからない。わたしたちは気が狂ったみたいに笑い出していた。その笑いは気が狂ったという名に値するほどの笑いだった。二人とも気が違ったみたいに、笑った。笑いを抑えるなんて不可能だった。気が違ったみたいに笑った後、わたしたちは、涙を流すまで、「タイム！」と叫びを挙げるまで、気が変になるくらい笑い続けた。

この狂気の涙は、曖昧なものではなかった。それは喜びに変装した絶望ではなかった。そうではない。それは純粋な笑いだった。ダイアモンドのような笑い。

冷静さを少しばかり取り戻したとき、笑いのダイアモンドはまだ輝いていて、わたしはふざけて、こんな言葉をナイト・ドレスにつるしてみたらどうか、と提案した。「これはとっても傷んでいる。それはわかっている。でもわたしは好きなの」。この提案のせいで、あやうくもう一回気が違ったみたいに笑うところだった……。

ナイト・ドレスの日、薄紫の蘭が役立った。あなたはわたしに別れの手紙の下書きを見せてくれた。友人と近親者宛てだった。「適当かどうか、教えてね。必要だと思ったら添削して。」

わたしは手紙を読んだ。ひといきに書かれていた。文体の効果などなく、それだけでもまさにらしいものだった。

手紙は完璧、と、わたしは言った（手紙が完璧じゃなかったら、こんなにも心を動かされなかっただろう）。他のどんな手紙についても同じことを言ったかもしれないが。ただ、手紙がわたしの心の中で立てるさざなみは、何も見せなかった。

あなたの行為を正当化する別れの手紙を見せて、事前にわたしを服従させることは、あなたにとって儀式であり、手ほどきの一部だった。

ナイト・ドレスの日、わたしたちは次回の訪問に言及した。あなたが返したのは、わたしが予想していた言葉だった。「これが最後になるかもしれないわね……」。

正確に言えば、あの狂ったような笑いのおかげで、この言葉を予想していた。

「わたしはママにもう会えないのかしら？」

「そうよ。わたしは一人でいなければならないのよ。」

こんな言葉をあなたが口にしなければならないなんて。わたしは夢を見ているのか、そうでなければあなたが感動しているのだ、きっと。

「でも、あなたに電話する権利くらいはあるでしょ？」

「ええ。おまえにその権利はあるわね。」

「わたしが望む限り？」

「おまえが望む限り。」

「……まで（わたしは躊躇した）……終わりまで？」

「そう、終わりまで。」

*

かつてないほど滲み出るような恐怖が、再び戻ってきたように思った。

わたしは、馴らし期間のノートの中で、あなたと成し遂げた仕事のすべてが、何にも役立たないのではないか？　そんなことを考えた。

あなたの死をこれほど準備することが、かえってわたしの足をひっぱる結果とならないかどうか、と考えた。逆説的だが、準備したからこそ、他のどんな娘よりもわたしのほうが精神的にタフなのかどうか。わたしの相対的な冷静さは、罠や幻想ではないのかどうか。あなたがわたしに寄せている信頼は、あなたの思い違いなのではないか。わたしは疑っていた。

わたしは、最後の訪問を想像し始めた。すべて。行為も、言葉も。視線も。ドアが開く。ドアが閉まる。わたしの到着。わたしの出発。発語しなければならない言葉。どんなふうに言う？　何を言う？　最後の言葉たち。最後の言葉は何だろう？　最後のキスは？　どこで、いつ、どんなふうにキスする？　一つひとつ、その舞台を思い浮かべるたびに、わたしは血の気が失せていった。

総稽古。舞台衣装の仕立て女。わたしの台詞？　わたしの台詞は何だったの？　これを最後と母親に会う娘、という登場人物の台詞は？　娘は母親に何を言うのだろう？　わたしはあなたに何を言ったのだろう？　そしてあなたは？　あなたは自分の台詞を知っていたの？　人生の最後に娘に会う母親の台詞を、あなたは準備していたのだろうか？　暗誦していた？　あなたはわたしにどんなことを言おうとしていたのだろう？

部屋の中を大股で歩き回った。写真の前に腰掛けた。海岸の庭の写真だった。あなたとわたし。わたしたち二人。背の高い草の上で、バランスの完璧なブランコの姿、未知のものに挑んで……。

わたしを支えてる？

ええ、あなたを支えてる。

あなたがわたしのためにドアを開けてくれたとき、活発に働き、わたしの血という血を使っていた想像力は、一瞬にして止まった。わたしは現実の熱いコートにくるまれたような気がした。あなたがドアを開けたとき、忘れていた恐怖が蘇った。というのは、あなたがそこにいたから。光り輝いて、わたしの眼の前に。青いトレーニング・ウェアを着て。

青いトレーニング・ウェア。あなたの室内着だった。外出するときのためのものではなかった。もうあなたは外出しないのだから。薄紫の花のついたナイト・ドレスのように、使い古されていた。衰え、壊れていくあなたの身体には、いつも少しだけこのスポーツ・ウェアは似合っていないような気がした。でも、わたしはあなたがこの青いトレーニング・ウェアを着ている姿が好きだった。

最後の訪問の際に扉を開けてくれたときにも、あなたの最後の服がそのトレーニング・ウェアで、わたしがそれでどれほど幸せな気持ちになったか、あなたには言わなかった。青はあなたの好きな色。空の青。穏やかさの色。青は、わたしの著書『青い服の女』へとわたしを導いてくれる。その物語の中で、わたしは、わたしたちの社会から抑制されない競争を公然と批判した。あなたはその着想を与えてくれた人でもあった（このことは前にあなたに言ったことがある）。自分の地位をキープするための、世界の暴力と日常的な闘いにうんざりして、わたしはあなたから一個のイメージを作り上げていた。それは、人生をやり遂げ、物事の平和を味わった人のイメージで、気持ちを鎮めるような雰囲気の中で、青い後光が射していた。わたしはあなたがことを終え、道の果てまで到着してしまったことを羨ましく思っていた。一方わたしは、イメージの中で、今度はわたしが青い服を着た年老いた女性になりたいと願っていた……。

あなたの死の前の最後の訪問は、それまでいちばん活気に溢れたものだった。わたしたちはお互い別れる瞬間まで、一緒に過ごした時間を、やっと、このうえなく晴れやかなものにすることができた。

この訪問を、数年の間に経験した他のすべての訪問と変わらないものにしたいと、あなたは望んでいた。わたしはわかっていた。この訪問が他のと違うはずはなかった。絶対に。わたしが心に描いていたものとは何の関係もなかった。あらためてわたしは現実のシンプルさを素晴らしいと思った。そしてできるだけ、現実の優雅さを味わった。

わたしたちはあらゆる方法で、その一日を味わった。あらゆるヴァリエーションを経験した。わたしたちの歴史の中にある母―娘のすべての姿を、大急ぎでもう一度、経験してみた。

だが、わたしたちはどうして二人がこうして一緒になったのか、その理由を忘れたフリをすることができなかった。あなたの死の準備は、かつてないほど目の前にあった。そしてその日のレッスンはまったく譲るところがなかった。

何度繰り返しても、わたしにはまだ、わたしと誰か他の人間が一緒にいる感覚があった。あまり自問しないようにしていたが。いまになって思うのは、他なるわたし自身が、ときどきわたしに交代していたのではないかということだ。わたしたちは、わたしたちが生きなければならないものを経験するには、二人でも多すぎるというわけではなかったのだ。

昼食は……それを形容する言葉を見つけられない。

お腹が空いてもいないのに義務感から食べると言っていたあなたは、やや仰々しい態度も混じってはいたものの、嬉しそうに牡蠣を一つひとつ賞味していた。自分の食道楽の弁解までしていた。もうじき離れることになるこの世界のすべての海を、源泉のところで飲んでいたのかもしれない。あなたは世界に感謝し、海の贈物に感謝していた。

わたしはどうしてもこの光景から離れることができなかった。このとき、あなたの顔や手をじっと見るのに夢中で、胸が張り裂けそうなくらい変化してしまった、慣れ親しんだ情景の中を散歩していた。黙って、あなたを見ていた。整理していた。もう二度と会えないものを永久に記憶の中に定着させたかった。残りの人生のために、あなたの思い出を、本当に細かいディティールまで保存しておきたかった。疲れ切ってはいるものの堂々としたあなたの身体の、一つひとつの表現、一つひとつの生のニュアンスを写真にとっておきたかった。

あなたは牡蠣を堪能していた。わたしの方も、眼であなたを食べていた。快楽。わたしはあなたの美しさを見つめ我を忘れていた。

あなたは突然、自分に注がれた、錯乱したような激しいわたしの視線に気づいた。視線は最後には、メランコリックな何かになっていたはず。そのとき、あなたはこんな常軌を逸した質問をしたのだ。「どうしたの？　うまくいかないことでもあるのかしら？」

わたしが常軌を逸したと思ったのは、質問そのものではなく、あなたの口調だった。あなた、どこか悪いところでもあるの？　誰かがあなたを苦しませたの？　大きな悲しみでも抱えてるの？

娘が問題を抱えていると気遣う母親の、無邪気な質問。

わたしには、そう、一つ問題があった。とんでもない問題。

わたしの返答は、あなたの質問に比べれば、ごく自然に出てきた。まったくシンプルな返答をしていた（あなたが死を告げたあの文章と同じくらいシンプルに）。気を惹く効果もなく、かといって攻撃的でもなく。「いいえ、わたしには何の問題もないわ。ほとんど何も」と、笑いながら、わたしは返事した。「もしあなたが来週一週間自殺することもなく、今日のこれがあなたに会う最後でなければね」。

いちばん信じがたかったのは、あなたが明らかに、この返答を予期していなかったことだ。いちばん驚いたのは、食事している間の幸せを共有しているうちに、あなたがおそらくそれを忘れてしまったことだ。「ほとんど何もない。」わたしを、メランコリックにするものなんて。

宙吊りにされた時間。並外れた返事を前にした、ためらい。

それから、もちろん、笑い声がはじけた。ただ、その笑いは、わたしにとっては、ナイト・ドレスのときの笑いではなかった。違っていた。それはメランコリックな何かだった。デザートに、リ・オ・レ（米を牛乳で煮て砂糖をかけたもの）を、あなたは作りたがった。リ・オ・レのことは事前に考えてあったに違いなく、子ども時代の記憶からまっすぐに掘り起こされたものだった……。

リ・オ・レを食べているうちに、二人の役割が逆転してしまった。わたしはデザートを食べる人になり、あなたはわたしをじっと見る役目を演じていた。好物のリ・オ・レを食べている娘を眺めた。これまでに数百回はあったはずのこの光景を、もう見ることがないことも、承知のうえだった。

そのことを考えながら、順番に役割を演ずるという状況をずっとわたしたちは続けてきたのだ、そう思った。

午後、レッスンのためにわたしたちは教室へ向かった。

その日のレッスンは、一緒に過ごす最後の日のレッスンだったが、けっこうなヴォリュームがあった。遊びに関するものだったという記憶だけが残った。

着くなり、食堂のテーブルの近くに置いてあったダンボールに気づいた。封筒でいっぱいだった。別れの手紙が入っていた。全部で二百通くらいはあった。わたし宛のものもあった。ちらっとそれを見た。その気になれば、開けることだってできたかもしれない……。

たっぷり二時間かけて、あなたとわたしで住所を確認し、この郵便物の、起こるかもしれない間違いを正していった。それは、他でもない、あなたの希望に沿って、あなたの死んだ日かその翌日に投函されるはずだった。

幾つかの住所を、わたしが読み上げ、あなたが清書した。少し斜めになった綺麗な字だった。あたかも、わたしが先生で、あなたが教えを受けている学生のように、わたしは切れ切れに読んだ。

この状況はそれ自体転倒していたけれど、最高の笑いを引き起こすはずだった。ただ、少しばかり現実味を欠いたこの作業は、理解しにくく、このうえなく滑稽な遊びの行為へと姿を変えていく。おそらく、わたしたちのようにその遊びを愉しめない人にとっては、無礼でさえあったろう。

ときどきあなたはぷっと吹き出してこう言った。「きっと笑われてしまうわね。そうでしょう?」　この前未来(未来完了形)が、あなたの死が間近に迫っていることを思い起こさせた。笑ってしまうかもしれない……。そう、あなたの行為以前に手紙が届いているかもしれない。だから、逆にあなたの行為はとりかえしがつかない。そう考えると、わたしの胸は締めつけられるようだった……。

考えてみれば、自分の死を知らせる「通知状」の送付に気を配った人物など、わたしの母以外には誰も思い浮かばない。

だからいつもわたしたちは同じ方法に戻った。普通、後で行われることを、あなたと一緒に経験すること。つまり、喪の儀式を前もって行うことである。

死の儀式が「死後に」行われることを、あなたが望んでいないことは明白だった。しかし、たとえ事前に葬儀を経験するとしても、あなたがわたしに手ほどきしたのは、まったく別の喪の規則であり、思考の特殊な努力だった。それは哲学的な作業であり、少しソクラテス風の方法だった。でも本当に、ソクラテスの母親は、助産婦だったのだろうか?

わたしは別の仕方で死を学んだ。未知の言語、しかし最後には親近感を抱いた言語で学んだ。新しい母語、つまり、逝ってしまう母の言語……。

しかし、別れの時間は、まっすぐにわたしたちの方へ近づいていた。

あなたは、新聞を買ってきてくれと、わたしに頼んだ。毎回そうしたように。そして、新聞を買いにいくたびに、ワゴンの上に準備したお金をわたしが手に取るよう、心を砕いていた。

ワゴンの上には、小さな小銭の山が幾つもあった。今後の新聞の代金だった。夜のこの仕事を担当する誰かのために用意されていた。

わたしがその小銭の山を勘定していたならば、きっと、新聞代が一週間もたないことに気づいたはず。数えながら、あなたの死の正確な日付を知ることができたはず……。他の人ならそうするだろう。他の人間ならば、それを知り、わたしに教えてくれるだろう。外はとても寒く、暗かった。新聞を買うのに五分とかからなかった。わたしにとっての時間は、心の準備をする時間だった。準備をすること。準備をする？

わたしはもう一度、やるべき行為、言うべき言葉、決定的な視線をイメージしてみた。

スーパーマーケットの前を通りながら、ある夜のことを思い出した。それはその夜と同じくらい寒い夜で、何年か前のことだった。あなたが当時リーダーをしていた闘争の名を、店のウィンドーに落書きしてしまった。怒りっぽい、まったく規律に従わない老女に、微笑みかけずにはいられなかった。習慣やしきたりに抗して、あなたが死を選んだのも、不服従の精神によるのだった。

新聞売りの女性は、わたしのことを覚えていた。もう少しで彼女に、こう言いそうになった。「わたしが母のためにこうしてやってくるのも、これが最後でしょう。」

帰り道、決定的な言葉や行為は、どうしても誤って響いてしまうように、わたしには思えた……。

帰宅すると、食堂のテーブルの端で、あなたは肘掛椅子に座っていた。物思わしげにわたしを待っていた。新聞を手渡す。

その瞬間だった。怖れていた一瞬。

わたしは、あなたの目の前に、突っ立っていた。

わたしは言いたかったこと、したかったこと、すべてを忘れてしまっていた。

別れの舞台の台詞、別れの場面の行為、もう何も覚えていなかった。

なぜなら、もう何も動いていなかったから。

わたしには自分も見えていなかった。何も見ていなかった。あなたの足元へ身を投げ出し、膝に頭を乗せ、腕で抱きしめた。本や舞台でよくあるみたいに、愛を口にしていた。

別れの大いなるシーンを演じていたわけではなかった。あなたの名前の書かれたシールの貼ってあるノートには、そんな場面はなかった。涙もあまり出なかった。

涙は、最後のレッスンにはなかったのだ。

わたしの誕生日の電話みたいに、わたしたちは危険な状態、あやういバランスにある、と感じていた。わたしたちは弱っていた。ブランコが揺れた。そのとき、あなたは、ほとんど消え入りそうな弱々しい声で、こう言った。「泣かないで。もし泣くのなら、わたしも泣くことにします。誰もわたしを止められないくらい。」

カウント・ダウンが始まってからの三ヶ月で初めて、あなたの心の動揺がわたしに恐怖を呼び起こした。あなたは、自分の力や勇気に不安を感じていた。「泣かないで」という言葉は、単に娘のわたしの涙に向けられていたのではない。今度は、まず何より、母としてのあなたの涙に向けられていたのであり、その母親は、いままさに娘が立ち去ろうとするのを眺めていたのだ。涙を抑えなければ。はやく。

わたしはずっと立っていた。体重を一方の足からもう一方へと移動させながら、身体を揺らしていた。そうする以外になかった。激しい痛みに襲われながらもそれを形容する言葉を持たないとき、狂人たちがときどきやるみたいに。

わたしは思った。さあ、立ち去るのだ、いま。シンプルに。彼女にキスをして、立ち去る。

あなたのところへ行った。身をかがめた。スローモーションで。

わたしたちのキスのことを、わたしは覚えていない。キスしたことは知っている。それだけ。

わたしは階段のところにいた。手には白い磁器の耐熱容器に入ったリ・オ・レの残りを持っていた。じゃ、あなたは、わたしにそれを手渡すために、起き上がったのかしら？

扉が閉まってから、あなたの声が聞こえた。「静かに出て行くのよ。いますぐってわけじゃないんだから。」

でも、いますぐだったのだ。

＊

その晩、わたしはあなたに電話しなかった。あなたに何を言えるのか。階段を降りるときには、もちろん涙が出るのをぐっとおさえていたと言えばよかったのか。あなたに何を頼めるのか。もし同じことを、あなたがしてしまったならば、突然に扉が閉まるのだろうか？

いいえ、わたしたちの最後の絆である電話が、残された日々に、何か別のことに役立つはずであった。

わたしにはあなたに電話をかける権利がある。でもそれは嘆き悲しむためではない。わたしはそうしたいのだけれど。

その土曜日、Uとわたしは、芝居に行った。芝居に行けば、きっと翌朝にはそのことをあなたに話せると思ったから。そう、わたしはお芝居を観て、「良かったわね」というあなたの声を聞ける。

夜中に、突然、目覚めた。わたしはあなたをしっかり抱きとめていなかったのだ。わたしは腕にあなたを十分に抱きとめていなかった。わたしはあなたを十分に見つめてさえいなかったのだ。こんな感情を、わたしの人生の終わりまで、ずっと持っていくのか。いやだわ。これでは十分ではない。ぜんぜん十分ではないわ。十分な備えがない。あなたの目の色の正確な色さえ、もうはっきり思い出せない。

また別に会う日をもらって、最後の訪問をしようと、わたしは決意した。その希望のおかげで再度、眠りにつく……。

わたしを起こしたのは、あなたの声だった。「わたしの小鳥ちゃん、あなたはまだ眠っているの?」

優しい声。生き生きとした声。子どものときの愛称。こうも柔らかく響く愛称の意味を、あなただけが知っている。母親が子どもを目覚めさせるときの声。子ども時代の目覚めのとき。子ども時代へ。澄んでいて、陽気な声。ママの声よ。わたしのものにすることができる、あなたの声がまだそこにあった。捕まえなければ、きっと捕まるわ。あなたの声に、わたしはまだ捕まることができるはずだった。

夜中に浮かんだ考え、あなたに再会するという考えが、くだらないことだと悟った。あなたに会えば、また会いたくなり、さらにまた会いたくなり……。

わたしは芝居のことを語った。あなたは言った。

「良かったわね。」わたしはこのタイミングで、自分が良く眠れないことを告げた。「それは、あんまり良くないわね。不眠は禁止ですよ」と、あなたは即座に言った。

あなたは勝手に死のうとしているのに、不眠をわたしに禁止するなんて……思わず笑った。最後にはあなたも笑ったわね。

わたしたちは、電話で四十五分近く喋った。電話を乱用しようという思いが浮かんだ。

わたしがそれを望み、あなたも同じくらい望む限り。

わたしたちは、次々に報告し合ったが、つねに軽い調子で、むしろ陽気に電話を切った。

それなのに再度、あなたから電話があった。残念なことだが、夜、あなたは紫の蘭の花を涼しいところに置いたため、花の具合が悪そうだと言う。「蘭がかわいそうなのよ。蘭が風邪をひいちゃって……」

「そんなに考え過ぎなくても、また、元に戻るでしょう」と、わたしは強く言いすぎてしまった。

「違うのよ。わたしはそう思わない……」

わたしは、あなたもまた調子がわるいのだと感じた。蘭の花、それはあなたのことだった。そして風邪のことも……。

「わたしはこんなに疲れちゃっているわ。」

そう、わたしの読みは正しかった。違うのだ。彼女は元に戻らないだろう。紫の蘭は。あなたの疲労は、あなたをほとんど涙声にしてしまう。もう一度。あなたの宿敵である疲労、酷すぎる疲労。

「わかったわ」と、わたしは答えた。

わたしが知っているのは、酷すぎる疲労に対抗するために、あなたには特効薬があるということ。特効薬に頼るのだ、すぐに、本当にすぐに……。

思った通り、わたしたちは電話を使い、何度も電話し合った。それは目新しいことではなかったのだが。

すでにかなり前から、わたしたちの日常の会話は、過剰なくらい多くなっていて、それが普通になっていた。互いに話し合わなければならなかった。あなたの声を聞く必要があった。耳からその音楽を聴きたいのだ。

あなたは不安になり、電話の回数を減らすようにと、わたしに頼むほどだった。「ある日をすぎれば、わたしはもういないのだから」とあなたは断言した。わたしがその音楽なしでも生きる術を学んで、毅然とするようにとあなたは考えていた。だからわたしも努力した。苛立ちを抑えきれないまま、もう、電話しなかった。けれど、数日たってプロテスタント条約を破ったのはあなた。「ちょっと、どうしているの？　わたしのことを忘れてしまったの、どうなの？」と言うものだから、あなたが、優雅な病気に罹っているのだと呆れたわ。

あなたが老いれば老いるほどに、わたしには電話が貴重になった。なぜなら、あなたの姿を見るよりも、あなたの声を聞くことの方が、徐々に好ましい感じになってきたから。もう、わたしにはいつものあなたの声、若い母親の、若い妻の老いを知らない声を、磨り減ったあなたの姿と一致させることは無理だった。

あなたの声には、年齢の残酷ささえ太刀打ちできなかった。声だけが無垢のまま、変わらずにあった。そのうえ、知っているでしょうけど、あなたの電話機は、現在、我が家にある。ずっと持っていたい。あなたの声が中に隠れているかも……。

だが、そのときは、別の意図があった。

あなたの姿を見ることができない以上、声を聞くことが、わたしには何よりも大事だった。あなたの声を聞く、それがあなたに会うことだった。声のおかげで、思い出せなかったあなたの目の色を、ナイト・ドレスのマルセイユ石鹸の香りを思い出すことができた。

月曜日。声が笑っていた。あなたは忙しそうにしていた。トラブル・メーカーだった。ひどい計画。準備が出来ていないことを嘆いていたわね。わたしはあなたに保証したし、約束もした。すべてがうまく行っていること、もっとうまく行くこと、準備が整うことを。

「で、蘭の花はどう?」とわたしは尋ねた。

「勝手な方向に傾いてしまったわ!」

「ちょうど、ママみたいにということ? 違うかしら。」

笑い……。

その日が近づくと今度、あなたは元気づき、舞い上がっていた。こうも生き生きとしたあなたの声にわたしは驚いていた。あなたはあまりにも生き生きとしていた。そう、まぎれもなく生きていた。

Fが死に際していたときとは、違っていた。Fの死は看取られていた。その病気の身体からすでに死を透かして見ることができた。

わたしは、あなたがあまりに元気が良すぎて、死んでしまうのではないかと心配する。

「電話できるわよね。ママ。」

「ええ、おまえがしたければ、どんどんどうぞ。」

電話するといつも、わたしたちははしゃいだ。受話器を置くやいなや、わたしは絶望していた。そのことを言わなかった。すべてを話したわけではなかった。

夜中に、昔、親しい人を亡くしたときに付けた黒の喪章のことを考えた。悲しみの目印である。しかしいまではそんな使い方はしないで、悲しみとは関わりのない印になったことを残念に思った。今日では、喪の苦しみは分かち合わない。密かに孤独のまま。タブーを口にすることがないようにと。

あなたがわたしたちから離れる前、間近に迫った死の秘密とともに、わたしは歩んだ。だが、あなたが旅立つなんてことがあったら、わたしは、わたしなりのやり方で、その喪章を付けてしまうだろう。あなたを面白がらせるかもしれないやり方で。あなたは、わたしと同じで、そうした目印が嫌いじゃなかった。そのこともあなたに言わなければならない。

あなたの旅立ちの二週間後、ちょうど同じ時刻に、わたしは街中で転倒した。お菓子屋の前だった。わたしの好きなお菓子屋、かなりの激痛だったのに、その看板がわたしを爆笑させた、「ご家庭のお母様に」と。そう、わたしは「ご家庭のお母様に」の前で転んだのである……右手に付けられたギブス、それを「白い喪章」とわたしは呼んだ。それ以外に、どのように呼べたことだろう。

続くひと月、わたしはこれ見よがしにギブスをつけていた。街中で人はわたしに微笑んでいた。壊れ物でも扱うようにわたしを扱ってくれた。傷ついているのがわかったのだ。むしろ良かった。包帯の巻かれたわたしの手は、わたしだけのために、あなたの不可避の不在を表していた。あなたの死の方向へわたしを導くために、あなたがひっぱったのは、この手ではなかったのかしら……。

火曜日。教壇に立つ仕事はそれほど好きでなかった。出かける前に、手でキスの合図をしたかった。天気はこんなに良いのに！　あなたの声も、同じくらい美しく、はっきりしていて、幸福を感じているようだった。

「そう、わたしには勇気がある、そう、子どもたちよ、今度はおまえたちの勇気を、わたしに与えておくれ。もしおまえたちからそれが無くなったら、わたしも勇気が無くなるよ。」

「ママ、わたしたちには勇気がちゃんとあるわよ。」

「良かったわ。良かった。」

わたしたちには、勇気があったのだろうか。わたしにそれがあったかどうか、そんなことはわからない。

浴室の鏡の前で、瞬間、ハミングしている自分に驚いた。ハミングすることを恥とは感じなかった。死の用意をしている母親の平穏さは、とても単純で、とても普通で、とても軽やかで、とても正しく、とても完璧であるように、突如、思えたのだ。

クラスの学生たちは、サンドイッチを食べながら、わたしを待っていた。わたしは彼らの食欲と、わたしが教卓に着くまでの、陽気な大騒ぎが気に入っていた。学生たちが、一日中、わたしを支えた。彼らは、何も気づかず、何も感じていなかった。

小説作法クラスの授業を終えると、階段のところで一人の女子学生がわたしに礼を述べてくれた。わたしはすぐに言った。「お礼を言うのはわたしの方です。今日は、ずいぶん、助けてくれましたね。」彼女は意味がわからずにわたしを見つめた。やがてわかるだろう、ずっと後になって……。

行きつけの薬局の前で止まる。「というわけで、わたしは……いま、ひどい痛みを感じています。涙がたくさん出るのです。この目に何か良いものはございますか、鎮痛剤のようなものは？」

わたしは、特殊なジェルが入った青いプラスチックの狼マスク*を渡された。その狼は、冷やした状態で目に使用するまで、冷蔵庫で保存しなければならない。わたしはそれを「悲しみの蒼き狼」と呼ぶことにした。文明の極みにある、この蒼き狼の仮面は、暗いカーニヴァルのための小道具かしら……。

水曜日、ワゴンの上に、新聞を買うための小銭の山が、もう全然ないことに気がついた。本当に一銭もない。そう思ったら、電話がかかってきた。

「あなた、明日は家にいるのかしら?」

「いるわよ、ママ。」

「一日中? 動かないのね。」

「ええ、一日中。夕方も。一歩も動かないわよ。家にいるわよ。」

「ならば、明日にしましょう。」

目も眩むような即決の電話。わたしまでも疑うような。疑いようのない唯一のことは、最後まで、血を分けた母と娘の絆、声を用いて、あなたの近くに居ると決めたわたしの選択を、あなたが尊重してくれたということ。あの教科ノートがすべての源にある。「馴らし期間」だった。ノートのページをめくりながら、一緒に過ごした三ヶ月。あなたとわたしが一緒になって辿った道。学習は完了したのだ。

学校の最終日、学習の効果は出るのだろうか？

この水曜日の晩、最愛の女友達の命日に、わたしたちは食事に招待されることになっていた。外出する前に、Uとわたしは、互いに見つめあった。

「一昼夜たったら、わたしには、母親がもういなくなるの。」

「わかっています。」

「あなた、わたしを助けてくれる？」

「はい。」

女友達はきわめて馴染みのない仕方で供養してもらっていた。成人した彼女の子どもたちと同様、すでに、わたし自身も孤児であると感じた。

夜、あなたの生命である柱時計の振り子が、ゆっくりとしかし容赦なく鳴り響くのを聞いた。

＊

ついに、木曜日がきた。わたしたちはそろっていた。

＊ 目の周りにまくバンド型の膏薬、アイ・マスク。（訳注）

カウント・ダウンはすでに止まっていた。

だから、十二月五日になるのだろう。

カレンダーのこの日のページに、あなたの命日を書き込むことになるかもしれない。

わたしが望み、あなたも望んでいたのだが、その木曜日、わたしたちは電話した。わたしたちは再び蘭の花のことを話題にした。「ねえいいこと、おまえの蘭は、とても見事な色をしていたけれど、泣いているのよ、単純にね。」

「もちろんよ、泣くのは普通よ、ママ……」

わたしたちは、今日まで肌身離さなかったいつものノートを、授業のために、授業のおかげで、再びめくった。

わたしたちは、わたしの懐疑についても恐れについても、何も語らなかった。

笑いのページを、笑いながらめくった。

後ですべてがうまくいくということをあなたは約束してくれた。

わたしたちが一緒に執り行うので、あなたの葬式は行われるはずだと言っているように思われた。

それが本当なのかどうか、わたしにはまだわからなかった。数時間後、すぐに、本当にすぐに、わたしはそれが本当だったと知ることになる。

あなたは、自身の平穏と同じく、わたしにも平穏を望んでいた。

「ママ、どんな感じ？　言って。どんな状態なの？」

「わたしはちゃんとしていますよ。とても穏やか。」

蜜のような言葉。言葉から立ち上る芳香。

わたしはあなたの言葉を、耳から聞こえるその音楽を十二分に堪能した。尊厳という名のもとに出立しようとする堂々とした揺るぎのない母の声。最愛の母の声は、愛する人たちに、彼女の完璧なイメージを残したがっていた。彼らのことをとても愛していたから。

この木曜日は、Uが、それこそ数秒ごとにわたしの傍らにきて、失神しないように、暴れ回ったりしないようにとわたしの近くで備えていた。Uは、わたしの節度だった。

わたしの姪のFaと、その友達Yもその場にいたが、彼女たちはとても控えめだった。

言葉の交わされない時間。そして言葉の交わされる時間。

家には振り子時計がない。それなのにわたしの、いやわたしたちの頭の中では、正確に、規則正しく、振り子が揺れていた。間近にある死の冷たさ、その冷たさに対抗するように、暖炉には薪がくべられていた。テーブルには紅茶とボルドー・ワインが一本、置いてあった。

涙を流す時間。そして涙を流さない時間。

夕暮れになると、わたしの目には、あのアイ・マスク「悲しみの蒼き狼」が置かれた。出立する前、最期にわたしに電話をするという約束があった。

だから、待った。

わたしは思った。もし別の時代の、死についての熟慮が行き渡り、一回り大きくなった社会の中にいるなら、わたしはあなたの隣に、あなたと同じ意見の側に、そう思うだけじゃなく、実際に居ることが出来ただろう。わたしはあなたの手を握っただろうし、あなたの額に、最後のさよならのキスをしただろうに……。

かかってこない電話機がそこにあった。もうかかってこないと感じた。取り乱すことを想像する。最も強い振り子の音が聞こえた気がする。確かなことは、そう、時間だった。

あなたは電話をしなかったけれど、いまが、その時間。

だから、部屋の中で、Uとわたしは互いに身を寄せ合った。

逝くことの恐怖と恐れがあった。寄る辺ない身体。膝の力が抜ける。腕は心もとない。拷問の後、死刑を待つ理性。どんな叫びよりも強く押しつけられたような叫びが、部屋に起こった。

わたしの理性であり、わたしの力となってくれるUの腕にしがみついた。

「わたしを支えてくれる?」

「もちろん、支えます。」

長い時間だった。あなたの瞳が閉じるまで。それがしっかり閉じられたことがわかるまで。

パチパチという火の粉の音があった。わたしたちが持っていたグラスは、あなたのことを思って、震えている。

誰かが言った。きっとあなたは眠っているのだ。静かに、苦痛もなく眠っているのだ。終わってしまったのだと。

だから、初めて、母がいなくなり、わたしは、もたつきながら、放心し……。

突然だった。甲高い電話の音が、わたしたちを飛び上がらせた。「ママからです」と言う声が、他の場所から聞こえてくるように思えた。

立ちすくみ、すぐには信じられなかった。

「ママ……」

「そうよ。ごめんなさいね。悪かったわ。おそくなっちゃったわね。予定してない訪問があって、長引いてしまって……お隣さんなのよ……ケーキを少し持って来てくれて……お嬢さんのお誕生日だったのですって……」

「ママ……」

「いま、やっと、静かになったわ。用意は出来ているのよ。全部ね。これから、シャワーを浴びることにするわ。」

わたしはあなたの後について、一語一語繰り返した。

「これから、シャワーを浴びることにするわ、ですって？」

「そう、そうよ。わかっているの？」

「ええ、わかっているわ……ママ、愛している。」

「わたしも、おまえを愛していますよ。」

わたしは、まだまだ、あなたから離れることができなかった。

だから、わたしは話し続ける。

「わたしは何よりもあなたを崇拝しているのよ」と、あの昔のように付け加えた。

今度は、わたしに最後まで言わせてくれた。

きっと、あなたは微笑さえ浮かべたことでしょう。

パリにて　二〇〇三年十二月五日

訳者あとがき

本書は、Noëlle Châtelet, *La Dernière Leçon*, Seuil, 2004の全訳である。

著者であるノエル・シャトレと彼女を取り巻く環境は、フランスの「上流」社会のそれである。彼女は本当の「お嬢様」である。パリ近郊のムードンで、一九四四年にジョスパン家の第四子として生まれる。二回りも歳の離れた有名な哲学者フランソワ・シャトレとは、師弟の関係から夫婦の関係へ移っている。シャトレの姓は、結婚後のものである。恵まれた肢体と見事な金髪をもち、女優として幾つかの映画に出た経歴さえある。さらに文芸分野での一定の地位……これだけあれば、女性雑誌の目を逃れられるはずもない。手元にある書評十数点は、挙って彼女の写真を掲載している。どれもが作り込んだポーズの写真である。

しかし、本書『最期の教え』は、違う。母から娘への最後のレッスンといった体裁のこの作品は、「死」をめぐる十五余りの章から構成されている。重い主題である。娘である「わたし」が、母である「あなた」に向けて語る。語り手の「わたし」に、作り込んだポーズは少しもない。作品全体が、長いモノローグ、日記、あるいは母への手紙のように感じられる。だが、自分の知識を越えた既成の事実（予告つきの死）に対して、出来る限り余分な装飾を排除して、気持ちを誠実に吐露しようと言葉を捜すとき、それは架空の物語とは違うものになるのかもしれない。本書は、同じ内容を繰り返し、繰り返し語りながら、少しずつ進んでいく。その一方で、確実に起こる母の「自殺」（この言い回しを著者は嫌っているが）という終わりを目指している。物語には静かなうちにも、カウント・ダウンの緊張感が常に漂う。現実には存在しない「柱時計の振り子」の音を、語り手が聞くように、カチ、カチという音が、作品を通して止むことはないように、読者には感じられる。

この作品は、二〇〇四年のルノドー賞の候補になった。第二次選考で残った十作品のうちの一つで、結果的にルノドー・デ・リセエンヌという賞を得ている。

ノエル・シャトレは、文学賞と無縁な作家ではない。『口の歴史』で一九八七年にゴンクール・ド・ラ・ヌーベル賞、一九九七年の『青い服の女』ではアカデミー・フランセーズのアンナ・ド・ノアイユ賞を受賞している。学位論文、エッセイ、十冊以上の小説……

と多岐に亘る執筆活動を二十年以上続けている。

日本で「小説」とみなされる作品に対して、フランスではさらに細かい分類が行われる。[1]本書には、こうした小説の分類のうちで、「レシ」という呼称が明記されている。どうして『最期の教え』は「ロマン」でなく、「レシ」なのだろうか。言い方を変えれば「小説」でなく「物語」なのだろうか。それこそが、本書の謎を解く鍵である。つまり、その理由は、本書を「事実」として読むこと、を暗黙の了解にしているからである。


「それでは、十月十七日にしましょう。」

自分がこの世を去る日を、こんな風に軽く、子どもたちに伝える母親は、著者ノエル・シャトレの実母、ミレイユ・ジョスパンである。九十二歳のミレイユ・ジョスパンには四人の子どもがいる。上から、アニェス、リオネル、オリヴィエ、そしてノエルである。

長男のリオネル・ジョスパンは、極めて真面目かつ誠実なイメージを残している珍しい政治家の一人である。フランスの首相を務めたことはまだ記憶に新しい。確かに仏大統領選では敗北し、政界から身を引いたが、その引退が未だに惜しまれている。[2]兄弟、姉妹の関わりを、この小説から読み取ることは難しいが、随所に出てくる「あなたの子どもたち」は、母の行動に純粋に驚き、途方に暮れ、それでもどこまでも母に優しい子どもたちである。マスコミに掲載された母ミレイユ・ジョスパンの遺品には、物語の内容そっくりに、小さな紙片で「アニェスへ」「ノエルへ」……といった固有名が指示されていた。ミレイユの血を分けた四人の子どもは、今、立派に成人している。このことが、ミレイユにあのような「死」への道を積極的に選ばせた理由の一つかもしれない。

「わかっているでしょう？　わたしはとくにあなたがたの重荷にはなりたくないの」

助産婦であったミレイユは、生命（の誕生）に関わると同時に、女性たちの「生む権利、生まない権利」を声高に主張し、フランスの尊厳死協会の主要メンバーの一人でもあった。当時、首相であった息子リオネル・ジョスパンの率いる内閣にさえ、必要があれば抗議に行く闘士であった。八十六歳で、アフリカに助産婦の仕事をしに出かけていく並外れたパ

1　例えば、上記の『青い服の女』は「ロマン」という呼称が表題の下にある。一般には、「ロマン」と呼ばれるのは長編小説、「ヌーベル」と呼ばれるのは中・短編の小説と言われているが、シャトレの場合は、新書版程度のものでも「ロマン」という名称をもつ作品が多い。また「コント」と言う場合には、架空の短めの小説を指し、「レシ」というのは、事実性を重視した物語である。

2　このあとがきを書いている最中に、偶然にも、リオネル・ジョスパン自身の著書『私の見る世界』が、売り上げランキング二位に出ているのを知った。内容は確認していないが、むしろ小説家が浴したいランキングであろう。

ワー。だからこそ九十二歳の自分を直視し、「ご覧のように、わたし自身、他の形で死にたいと思ってたのよ……もう旅立ってしまったらよかった……。わたしにはそのチャンスはなくて……いまはこれ以外の選択はなかったの」と、自分の選択である「死」を語ることができる。

文筆家であり、大学教員であり、還暦になろうかというシャトレは、公人としての母の立場を熟知している。だが娘であり末っ子であるシャトレは、理性的、客観的な判断を超えて、実の母を失うことに、苦しむ。彼女の悲痛さが、本書の出発点である。

彼女は何も隠そうとしない。亡夫はFのイニシャルで、恋人はUのイニシャルで登場する。あからさまに語りながら、卑屈な所が少しもない文章。たとえ稚拙な感じの表現があっても何の躊躇もなく、繰り返していく果敢さ。ノエル・シャトレは本当のお嬢様である。実母は、彼女に着替え一つ頼むこともせず、自分でシャワーを浴び、去っていった。たった一人で逝ったのは、もし娘が現場に立ち会えば、そこに居ただけで、フランスの法律では違法行為として逮捕されたり起訴されたりするだろうから。母の最期の配慮だった。

翻訳にあたって、エクス＝マルセイユ第三大学附属IEFEEの司書ステファニーさんのお世話になりました。夏期の一ヶ月、訳者のために快く図書室を開放し、質問には常に的確な答えを下さいました。この場を借りて御礼申し上げます。また翻訳のお話を持ってきて下さり、最後まで訳稿を辛抱強くチェックして下さった青土社の橋口薫氏。心から感謝申し上げます。彼のおかげで、ノエル・シャトレの初めての日本語版が出来ました。シャトレの愛読者が日本でも増えることを期待したいと思います。

訳者を代表して
相田淑子

新装版あとがき　『最期の教え』の母ミレイユ

『最期の教え』が出版されて十年以上が経った。

出版当時この翻訳書は都内の書店で「文学」の棚ではなく、「医療」や「倫理」のコーナーで目にすることが多かった。終末医療と関わる事例の一つと判断されたのだろう。もしその方向で読まれたならば、優秀な子どもたち（元首相、作家、研究者等）と孫たちに囲まれ、さらに健康にも恵まれてきた高齢者（ノエルの母ミレイユ）が「尊厳ある死」を望むという事例は、なんと贅沢な、と思われたかもしれない。この十年、訳者も義父と実父を見送った。持病があったとはいえ、あっという間に旅立つことになった父と、何の持病もないまま四年半をベッド上で過ごし逝った父。「尊厳ある死」について身をもって考えさせられることも多くなってきた。さらに日本社会はこの点について十年前と大差がないことにも気づかされた。

「尊厳ある死」は、フランスでは文字通り人間の尊厳を重視する「尊厳死」と呼ばれる。だが日本の「尊厳死」の定義は、延命治療の拒否を指すような医療行為に託された半ば受動的な死のことである。本人の意識的な選択、周囲の人々の賛同を伴う積極的な死が、本書の「尊厳ある死」である。誰もが避けられない「死」と絡むだけに、一見「贅沢な死」への舵取りは社会の今後の課題となる。

さて本書がモデルとするミレイユは終始一貫、筋を通す女性だった。フランス尊厳死協会に属するだけではなく、助産師の仕事と様々な社会活動で功績を残した女性である。ミレイユの強さと優しさが子どもたちを感服させ、娘には死への旅立ちを手伝わせ、さらにこの本を書かせる結果となった。二人が出演した昔のドキュメンタリーを見る機会があった。母娘は議論したり笑いあったり、時に優しい視線を絡ませた。本が書かれる前から素敵な母娘関係があり、その延長上に本書があるのが分かる。

娘ノエルが本書で描く母も、力強さと同時に限りなく優しくユーモアに富む母である。もっと技巧を駆使すれば小説の面白味は増すはずなのに、敢えて装飾を捨て去って娘の素朴ともいえる感情を淡々と綴る。淡々とした語りの中に、可哀想なくらい純粋に母への混乱した想いがひしめき合う。そこに生まれる詩的な透明感、これがこの本の魅力である。

今回、原作に脚色を施して興味深い映画が出来上がった。原作が技巧的でないだけに、幾つものアレンジが可能である。映画、演劇さらにはミュージカルも作られるかもしれない。それによって普通の人たちが「尊厳ある死」について語り合う機会がどんどん増えてくれれば、社会は変わるのだろう。こう書いていきて、これはノエルの語るミレイユの考え方と同じであることに気づかされた。

新装版刊行にあたり、青土社編集部の篠原一平さんと横山芙美さんに大変お世話になった。ここに謝意を表したい。

酷暑のパリにて　2016年8月

訳者を代表して　相田淑子

訳者紹介
相田淑子（あいだ　よしこ）
1960年、東京都生まれ。フランス文学者／中央大学法学部教授。主な共訳書に『フーリガンの社会学』（白水社文庫クセジュ）『ジダン』（白水社）『異端者を処罰すべからざるを論ず』（中央大学出版）がある。

陣野俊史（じんの　としふみ）
1961年、長崎生まれ。批評家。主な著書に『テロルの伝説 桐山襲烈伝』（河出書房新社）、『サッカーと人種差別』（文春新書）、『戦争へ、文学へ』（集英社）。訳書にヴィオレーヌ・シュッツ『ダフト・パンク』（河出書房新社）。

最期の教え　92歳のパリジェンヌ（新装版）

2016年9月20日　第1刷印刷
2016年9月30日　第1刷発行

著者——ノエル・シャトレ
訳者——相田淑子　陣野俊史
発行者——清水一人
発行所——青土社
東京都千代田区神田神保町1－29市瀬ビル〒101-0051
［電話］03-3291-9831（編集）03-3294-7829（営業）
［振替］00190-7-192955
印刷所——ディグ（本文）／方英社（カバー・表紙・扉）
製本所——小泉製本

装幀——高麗隆彦

ISBN978-4-7917-6952-0　Printed in Japan